데레사의 추억

데레사의 추억 여행

박다원 지음

데레사의 추억여행

부크크

차   례

소개 글

3대가 덕을 쌓아야 할 수 있다는 주말 부부 그 삶은 내가 맘껏 누릴 수 있고, 좋았던 시절이었어요. 주말 이틀만 숨죽이고 지나면 5일은 나만의 세상을 즐길 수 있었으니까요. 성당에 가거나 봉사하러 가는 것이 낙이었지만 그 속에서 행복함을 느끼며 살았지요.

내게 소피아(늦둥이)가 없었다면 지금의 나를 상상할 수가 없어요. 아주 힘든 시기에 내게 주신 하느님의 선물이지요. 나를 웃게 해주고, 살아갈 힘을 넣어 준 막내 소피아.

소피아라는 세례명을 지을 때 찾아보니 「천상의 지혜」
라는 뜻이 담겨 있었어요. 아들 둘을 키울 때 보다는
훨씬 힘도 덜 들었고, 그저 키운다는 생각으로 어디든
가면 데리고 가게 되고, 친구들의 눈치도 무시하며 친
구들 모임이나 봉사단체에, 또 학교 수업받으러 갈 때
도 늘 한 몸처럼 같이 다닌 딸이자 분신이었지요.
어느덧 고1이 되어 학교 기숙사로 보냈어요.

집에서는 공부할 분위기가 아니기에. "엄마 나 혼
자 편해서 미안해"라며 기숙사 들어가는 날 내게 위
로의 말을 해 주더군요. 너만이라도 마음 편하게 지
내며 공부하면 좋겠어. 주말에 만나면 되잖아. 딸에 관
해서 적을 게 너무 많은데 언급한 내용은 별로 없어요.

지난날을 돌아보면 눈물부터 쏟아 지는지......
나이 마흔셋에 임신이라고 하니 놀랐지요. 주변에서
낳을 거냐고 묻는데 당연히 낳아야지요. 산부인과에
서 장애가 있는지 검사를 하자고 했는데 검사해도
안 해도 낳을 겁니다. 라고 하였더니 그럼 검사하지 말
자고 하더군요. 문구점을 하며 원래 덩치가 있었기에
오던 손님들은 살이 찌나보다 생각했대요. 소피아를 보

고 예뻐했고, 문구점에는 늘 아기 보러 오는 꼬마 손님들이 더 많았어요. 남편이 퇴직하기 전이라 반대를 했지만 아이를 낳고 이혼하리라 도망 다니며 지켜낸 소중한 내 보물. 문구점을 접고, 농아인 협회 근무를 하게 되면서 사회복지과에 편입해서 늦게 공부를 시작하였고, 컴퓨터를 배우기 시작하였지요. 아이를 잘 키우려면 엄마가 배워야 되었기에 부모교육을 받았고, 나를 찾아가는 배움을 길로 들어섰어요.

십여 년이 지난 오늘 메타버스 세상이 될 거라고 예견을 한 것도 아닌데 말입니다. 이프랜드에서 만난 지인들과 소통하며 삶을 되돌아보며 이 책을 내게 되었지요. 누구에게나 아픔은 있을 거라 생각됩니다. 하지만 그 아픔을 어떻게 극복하고 살아야 하는지 희망의 끈만 있다면 어떻게든 견디어 낼 수 있으리라 믿어봅니다. 힘들었을 때 관심 가져준 엄마가 있었고, 용기를 주는 딸이 있었기에 견뎠고, 다시 힘을 얻어 살아가고 있습니다.

차라리 남편의 치매가 저를 살게 하는지도 모릅니다. 언젠가 속 썩이던 남편을 보고 저 사람이 나만 보게 해달라는 기도가 이루어져서 나밖에 모르는 사람이 되었나 봅니다.

나 아니면 아무것도 하지 못하는 사람이 되고 보니 맘
대로 다니고, 잔소리하는 편이 더 나았다고 회상해 봅
니다. 여기에는 다 적을 수 없었고, 수많은 힘든 날이
있었지요.

 내 십자가가 왜 이리 길게 느껴지는지 나만 힘들게 살
아야 하는지 수도 없이 원망도 해 보았지만 후일에 긴
강을 건너기 위한 다리가 된다는 어느 신부님의 말씀을
생각하며 긴 십자가를 놓지 못하고 붙들고 갑니다.

  힘들게 살아온 날들을 되돌아보며 이글을 남겨 봅니
다.

추천 글 모음

이프랜드 『올레비엔과 함께하는 90일 작가 프로젝트』 팀에서 같이 작업하던 동료들이 남겨준 글입니다. 소중한 글을 간직하고 싶어 고치지 않고 그대로 옮겨왔습니다.

무비스토리 님

데레사 님은 이프랜드에서 처음 만났습니다. 알게 된지는 벌써 5개월째 되어갑니다.

하지만 우리는 서로의 이름도 나이도 사는 곳도 모릅니다. 그냥 목소리로 연령대와 성별을 그리고 하는 일을 예상해볼 뿐입니다.

그럼에도 불구하고 5개월 간 제가 지켜보았던 데레사 님은 누구보다 열정적인 분이었습니다. 밋업에 들어가면 들어갈 때마다 환영해주시고 기억해주셨습니다.

밋업을 위해 노래와 맞는 댄스를 기획하셨습니다.

밋업을 위해 새로운 놀이들을 기획하셨습니다.

밋업을 위해 소통하셨습니다.

그런 모습을 보며 <와 정말 대단하시다!>라는 생각을 했었습니다.

사실 제 밋업은 그렇게 준비하지도 못했고 그러한 열정이 없었다는 걸 스스로 알고 있었습니다.

그러다 억지로(?) 함께 시작하게 된 90일 작가 프로젝트! 함께 시작했지만 가장 먼저 초안을 작성하셨습니다. 저는 아직 주제도 계획도 없는 상황이었는데 말이죠. 무슨 일을 하셔도 정말 열정적이신 분이구나 하고 생각했습니다.

그리고 그녀의 삶이 궁금해졌습니다.

책을 읽으니 얼마나 멋지게 살아오셨는지 알 수 있었습니다. 이 책은 열정적인 그녀의 열정적인 책입니다. 열정을 잃어버린 많은 분들이 읽고 단 한 명이라도 그녀의 열정을 따라 한다면 성공이 아닐까 생각해 봅니다. 내 삶의 열정을 찾고 싶은 여러분께 이 책을 추천합니다.

– 이프랜드 친구 무비스토리 –

엔지니 님

간결하지만 지나온 세월의 아픔과 고됨이 고스란히 묻어나는 글이었다.

상생하듯 한 일탈과 이탈......

먹먹함이 온몸에 스며든다.

주어진 현실 속에서 세상의 끈을 놓지 않고 힘겨이 걸어온 데레사 님의 삶에 감히 고생하셨다고 그리고 잘 이겨내셨다고 전해 드리고 싶다. 간결하고 담담하게 보이는 글이지만 써 내려가는 저 시간이 결코 녹록치 않았으리라 짐작해본다.

이후의 모든 데레사 님의 시간이 오롯이 본인을 위한 행복한 시간이 되셨으면 한다.

― 엔지니 ―

올레비엔 님

당신의 인생을 상영하는 극장이 있다면, 그 영화를 볼 자신이 있는가. 세상의 어떤 영화보다도 견디기 어려운 것이 나의 이야기일 것이다. 희극은 희극대로 부끄럽고 비극은 비극대로 마주하기 어려운 상처일지도 모른다. 남의 인생에서 얼마나 드라마틱한 일이 일어나든지 간에 내 인생의 작은 에피소드 조차 똑바로 바라보는 데는 용기가 필요하다.

이 책은 나 자신과 삶을 용기 있게 대면하는 것이 어떤 것인지를 보여준다. 나 자신 앞에 솔직해지는것이 얼마나 어려운지는 모두가 안다.

이 책은 데레사 님의 성격을 드러내면서, 직설적이며 용기 있게 과거를 회상한다. 어떻게 과거를 회상하면서, 넘치는 감정도 하소연도 없이 이토록 담담할 수 있는지 존경스럽다.

나는 아직 내 과거와 대면할 만큼 용기가 나지 않는다. 이 책에서 데레사 님이 해주는 인생 이야기를 들으면서, 나를 돌아보는 계기가 되었다. 자신을 똑바로 바라볼 용기가 아직 없는 사람이라면, 이 책을 읽으면서 나를 바라보는 법을 배우기 바란다. 끝없이 솔직하고, 당당한 데레사 님에게 공감해서, 나를 돌아볼 수 있는 이야기이다.

– 올레비엔 –

짐승Q 님

데레사 님 추천사

 이프랜드 4기, 5기 if루언서로 함께 활동하고 있는 데레사 님의 책을 접할 수 있어 영광입니다. 무엇보다 누군가를 위한 첫 추천사라 걱정보단 설레임이 앞섭니다. 이프렌즈로 활동하는 많은 분 들과 다양한 밋업에서 만나지만 모두 찐한 기억을 가지고 있지는 않잖아요. 데레사 님을 알게 되고 기억하게 된 순간은 바로 아침 만보 밋업에서 였습니다. 5월 말부터 간헐적으로 새벽 산책하며 30분 칼 밋업을 열었고 그때 데레사 님을 자주 만나게 되었습니다. 데레사 님은 매일 5시 50분이면 알람을 맞추고 일어난다고 하셨고, 가족 구성원을 돌봐야 하는 사정 때문이라고 말씀하셨습니다. 공식적인 밋업을 통해서는 알 수 없는 일상들을 나눌 수 있어 저에게는 아침 산책 밋업이 꿀 같은 시간이었습니다. 데레사 님께 제 세례명과 동일한 것도 알려드리고 하루일과 계획도 공유하며 점점 서로를 알아가게 된 것 같습니다.

 이번 책은 시, 수필, 여행기 등 다양한 장르에 대

해 말하듯 편하게 작성해 주셨습니다. 마치 함께 그 순간에 있는 듯한 느낌을 주기도 했습니다. 몸에 힘을 빼고 해내는 과정은 최고의 고수들만이 가능한 단계라고 늘 생각하고 있었습니다. 제가 접한 이 책도 바로 그런 느낌이 들었습니다. 평소에 본인의 감정 상태와 생각을 sns로 잘 표현하시던 모습과 일치하는 느낌이었습니다. 연세에 비해 새로운 문물(디스코드, 트위터 등)을 받아들이시는 데도 항상 적극적이신 모습도 매우 인상 깊었습니다.

 이번 책 발간의 경험으로 분명 두 번째 세 번째 책도 준비하실 거라 기대합니다. 왜냐하면 데레사 님은 한번 배운 새로운 지식들을 반드시 적용하고 실천하는 습관이 있기 때문입니다. 이후에 있을 책들의 추천사를 쓸 영광이 있기를 희망하며 함께한 90일의 여정이 힘이 되고 즐거웠습니다.

- 짐승 Q -

선주쌤 님

추천사

　사람이 사람에게 줄 수 있는 최고의 감동은 한결같은 마음이라 한다. 이 책의 저자인 데레사 님도 늘 모든 사람들을 한결같은 마음으로 보듬는 감동적이고 열정 넘치시는 동역자이면서 훌륭한 어머니이시다.

　글을 통해 데레사 님의 삶이 고스란히 그려진 일상을 접하며 감동하고 안타까워했다. 마치 그 모든 삶의 역경을 내가 함께 겪고 있는 것처럼, 생동감 있게 표현되고 진솔하게 쓰여졌다. 하루 24시간이 모자를 정도로 바쁜 라이프스타일을 다 소화하시면서 이렇게 멋진 책을 쓰셨다는 것 자체가 정말 대단하다.

　누구나 예측 불가능한 현재와 미래를 살아가면서 나는 어떤 삶을 살아갈 것인가? 나의 삶은 지금 잘 살아가고 있는 것인가? 재조명해 보는 귀한 시간이 되었다. 늦둥이 딸 소피아를 통해 또 다른 세상을 마주하며 함께 소소한 추억을 쌓으며 행복해하는 모습 속에 나 또한 두 딸과 함께하는 일분일초가 정말 감사함을 느꼈다.

'치매는 본인은 천국이고 가족은 지옥'이라는 표현이 있을 정도로 치매 가족이 되어 보지 않고서는 그 고통을 어려움을 이루 말할 수 없다. 하지만 데레사 님은 남편의 치매마저도 자신을 살게 하는 원동력이 되고 있을지도 모른다는 고백과 함께 내가 짊어져야할 긴 십자가로 받아들인다. 현실을 인정하고 앞으로 나아갈 희망과 미래를 위해 무한한 긍정의 메시지를 이 책을 통해 전하고 싶었던 것 같다.

평범할 것 같지만 평범할 수 없는 데레사 님의 삶을 들여다보며 내게 주어진 지금의 환경을 더욱 사랑하게 되고 감사하게 되었다. 많은 사람들은 행복하고 여유롭고 아무 문제 없이 잘살고 있는 것 같다. 왜 나만 이렇게 힘든 삶이 도미노처럼 펼쳐질까 하며 힘들어하시는 분들이 많이 보시고 위로가 되었으면 좋겠다. 그리고 글을 통해 삶을 녹여볼 수 있는 동기부여가 충분히 된다 생각하기에 이 책을 여러분에게 추천한다.

－ 선주쌤(이선주. 꿈드림 힐링연구소 원장) －

홍숑 님

　데레사 님을 알게 된 계기는 이프랜드 메타버스　세상이었습니다. 처음 시작은 NFT 공부를 시작으로 연결되었지만, 대화와 밋업을 통해서 데레사 님의 세계관을 볼 수 있었습니다. 가족 중에 아픈 분이 있어서 힘들었지만, 봉사로 이겨내었다는 말을 들었을 때 신선한 충격이었습니다. 힘들었을 때 나를 사랑하는 방법과 공부로 이겨내었던 나와 다른 가치였습니다. 이 책에는 데레사 님의 삶을 통해 세상을 어떻게 지혜롭게 이겨낼 수 있는지 알 수 있습니다. 포기하지 않고, 다시 일어날 힘! 그 힘이 나만을 위한 것이 아니라 함께 더불어 살 수 있는 선한 영향을 주는 힘! 그 가치를 이 책을 읽으면서 찾기 바랍니다.

- 홍숑 -

영업의 신 조이 님

조금은 느리지만 진정함이라는 아름다움을 스스로 살아가시면서…. 데레사님 만의 '다움'을 아름 담아 주위의 사람들에게까지 따뜻한 사랑의 메시지로 전달해 주시는 그런 사람……

그 분이 쓴 책을 자신 있게 소개 드립니다.

- 최영(영업의 신 조이) -

엘리클래스 님

데: 데레사 님은

레: 레몬 같은 그녀! 데레사 님은 저에게 비타민C 같은 존재입니다. 활력소가 되어주는 데레사 님!

사: 사랑합니다. ♥♥♥♥♥

- 엘리클래스 -

마이크 잡은 상구 님

−데레사 님−

　여행기와 시와 에세이 참으로 조화로운 내용이지 않을까 싶습니다. 저도 여행도 사랑하고 시도 사랑하고 자유로는 에세이를 사랑합니다. 내 육체는 항상 하늘 아래 여행하고 있고, 내 영혼은 시를 써 내려가며, 내 마음은 하루하루 새로운 에세이를 적고 있다 생각하고 있습니다.

　여러분께서도 이 책을 읽으시면서, 여러 가지의 감정과 경험을 알아가실 수 있으면 좋을 것 같습니다. 때로는 편안하게, 때로는 집중하면서도, 때로는 상상력 가득하게 읽을 수 있는 이 책을 여러분께 추천 드리고자 합니다.

　　　　　　　　　　　　　　　　− 마상구 −

시로 마음을 읽어보며
장맛비

유월의 하반기는 장마철
억수같이 쏟아지는 빗줄기

달궈진 이마를 진정시켜요
쌓인 먼지를 씻어줘요

신선한 공기를 선물해 줘요
피부의 촉촉함을

흠뻑 젖은 흙 내음
폭포처럼 쏟아지는 빗소리

대지에 희망을 가져다 줘요
쑥쑥 자라나는 생명력

앞으로의 날들을 기대하며
회복의 시간에 감사드려요.

2022.6.28. 90일간의 프로젝트를 시작하며

　책 쓰기를 하려고 글을 써 모았는데 정작 책을 내게 되는 것은 『올레비엔과 함께하는 90일간의 책 쓰기 프로젝트』에서 남기게 되네요. 기회와 인연은 따로 있나 봅니다.

데레사의 추억

어쩌다 다녀온 나의 해외여행
- 가오슝 -

여행 기록을 남긴다는 게 몇 해를 넘기고 사진첩을 정리하면서 해야 되나? 고민하고 있었는데 안 작가님을 만나고 기록으로 남기고 싶은 마음이 생겼다. 요즘 인터넷에 올라오는 사진들을 보니 예전에 다녔던 그 도시 가오슝의 모습이 많이 변한 것처럼 우리 세 사람의 모습도 많이 변했다.

가족의 추억이기에 기록으로 남겨두면 좋을 것 같아서다.

글을 쓰는 또 다른 이유는 기억을 잃어가는 남편을

보며 안스럽기도 하고, 한 치 앞도 모르는 인생인데 왜 그렇게 이해하지 못하고, 미워하며 살았는지 후회하는 마음이 들었기 때문이다.

내 이야기를 들은 안작가 님이 [노트북]이라는 영화가 떠오른다고 한번 보라고 해서 올레 TV에서 영화 찾기를 해서 보았다.

와우 대박^^ 포인트가 12만 포인트가 있어서 결재 [노트북]을 소장용으로 저장했다. [노트북]의 내용은 치매로 병원에 있는 앨리에게 기억을 더듬어 주려는 지극한 할아버지의 사랑 이야기였다.

첫 장면은 기억을 잃은 할머니에게 책을 읽어 주는 할아버지를 보면서 아 저 두 사람의 아련한 사랑 이야기구나!

기억을 나게 하려고 책을 읽어 주는 방법으로 앨리와 노아의 첫사랑이 시작되면서 결혼하게 되기까지 자녀도 알아보지 못하고, 남편도 못 알아보는데 애틋한 사랑으로 아내 곁을 지켜주는, 그리고 아버지를 모셔가지 못한 자녀들의 얼굴도 보였다.

우리 가족도 저렇게 되는 불행이 닥치면 어쩌나 걱정이 되기도 하지만 이대로 더 나빠지지 않기만 기도하자!

이 장면은 앨리가 결혼을 앞두고 노아를 찾아와서 사랑이 있음을 확인하게 책을 읽어 주고 들으면서 잠시 자신의 옛 기억을 떠올렸다가 상황이 더 나빠져 주사 맞는 모습을 보기도 하여 안스러움이 얼굴에 가득한 것을 보며. 처음에 남편이 병원에 입원해서 발작하면 주사를 놓는다는 동의서에 사인했던 것이 떠올랐다.

마지막을 같이 할 수 있을까? 라며 두 손을 꼭 잡고 옛 기억을 이야기하며 잠들어 마지막에 영원히 새가 되어 날아가는 두 사람의 애틋한 사랑을 보며 눈시울이 뜨거워졌다.

가오슝을 여행한 그 날은 준비 없는 여행이었다.

여행 날짜에 비행기를 타려고 소피아랑 둘이는 구미에서 출발해 인천공항에 도착했고, 남편은 서울 상봉동에서 출발해 인천공항에 도착했다.

만나자마자 결혼기념일 선물이라며 지갑을 준다. 달갑지 않았다.

우리 가족은 별로 친하지 않다.

주말부부로 살던 동안 남편은 구미로 내려오면 친구들과 산에 가거나 소피아만 보고 올라갔고, 혼자 산다는 이유로 외로워서 밤늦게까지 술 마시고 밤늦게 전화해서 힘들게 했다.

음주 운전하여 사고로 몸도 다치고, 면허취소에 합의금, 벌금까지도 물었다. 내겐 생활비도 안 주고 잔소리하던 사람이 여자한테 돈 뜯기고, 많은 사연이 있어 이혼하려고 맘먹었고, 가출해서 3개월을 원룸에 살던 중이었다.

마음 정리 중에 소피아의 "난 아빠가 필요해"라는 말에 어쩔 수 없이 합치기로 마음 정한 것이라 서먹서먹한 상태였다.

처음 하는 해외여행이라 인천공항 여기저기 다니며 구경했고, 우리나라가 아닌 곳을 간다는 들뜬 기분으로 비행기는 이륙했다.

창밖으로 보이는 비행기 날개 아래 동그란 무지개가 보였다.

사는 동안 힘들었는데 무지개를 보며 우리에게도 희망이 보이는 여행이 되었으면 좋겠다는 생각이 들었다.

촌스럽게 밖을 내다보며 하늘을 나는 비행기 안에서 드디어 해외여행을 가보는구나!

도착한 가오슝은 겨울 날씨지만 온화하고 비가 많이 오지 않아 라운딩에 좋은 곳이다 보니 대부분 여행객은 골프가방을 들고 있었다.

아마도 비행기에 자리가 남아서 회사 직원들에게 싸게 자유여행으로 돌린 것 같다. 아무런 준비 없었고, 생각 없이 도착한 가오슝 공항에서 나오려는데 출구에서 뭔가를 적으라고 하는데 아는 게 없으니......

다른 사람이 하는 걸 보고 물어서 적고 나왔다.

가이드가 다른 사람들은 차로 데려가는데 자유여행

하는 우리들만 남기고 가며 묵을 숙소만 알려 준다

헉~

발을 동동 구르며 어떡하지? 말도 통하지 않고, 숙소
가 적힌 메모를 운전사에게 보여주고 택시를 탔는데
돌아서 가는지 시간이 제법 많이 걸렸다. 우리나라
공항 생각하며 어쩔 수 없음을 ㅠ

다음날 아침밥을 먹으로 내려갔더니 뷔페식이었는데,
음식 향이 색달라서 늘 먹어보던 음식 종류에만 집
게가 갔다.

같은 비행기를 탄 사람들인지라 말문을 트고 보니
회사 직원의 남편과 딸도 있고, 아내와 아들도 있고,
부부도 있었다.

택시비가 얼마 들었는지? 호텔까지 도착한 시간을 묻기
도 하며, 우리 세 식구와 합이 아홉 명인데 같이 다니
면 어떨까요? 제안했다. 우리 식구 셋은 정말이지 자유
여행은 꿈도 못 꾸었다. 준비 없이 나섰기에 호텔에만
있다가 갈 형편이었는데 ㅠ

첫날은 지하철을 타려고 나갔는데 어느 역인지 기억에
도 없다.

여행 계획을 세워서 온 동행의 안내로 따라다니기만

했다. 그곳을 구경하고는 택시 두 대에 나눠 타고 불광사와 불타 기념관에 갔는데, 대만의 고승 성운 대사가 창건한 불광 선사는 타이완 불교의 총본산으로 세계 10대 불교 성지중 하나로 웅장함에 놀랐다.

너무 넓고 커서 볼거리가 많아 다니기 힘들었다.

주변을 전동차를 타고 돌면서 구경하였다.

첫날은 그렇게 지하철, 버스, 택시로 다녀봤고, 이튿날엔 승합차를 렌트해서 다니기로 했다.

같이 다녔던 일행들과 캐논 70을 사서 처음 들고 나가 찍은 사진인데 작동이 서툴러서 잘 나오지 않았다. 여행가이드와 렌트카를 구할 수 있는지 대사관에 전화해서, 안내받은 여행사로 전화하여 알아보았는데 대답 예약이 되지 않아 어렵다는 말뿐이었다.

숙소의 카운터에서 몸짓까지 해가며 렌트카와 연결되었다, 편안한 여행이 되었고, 여러 군데 더 볼 수가 있었다.

데레사의 추억

– 시부모님과 팔순 기념으로 다녀 온 태국 –

 가오슝을 다녀 온지 얼마 되지 않아 태국여행 티켓을
구입해 주어 시부모님의 팔순을 기념하기 위해 소피아
와 부모님을 모시고 태국여행을 다녀오게 되었다.
여행 일정에 맞게 움직이고, 가이드가 있으니 편하게
구경할 수 있었다. 뷔페식당에서 음식을 두 접시 미리
갖다 놓고 시작해서 먹기도 했다. 그런데 탈이 나서 구
경 다니는 것이 힘들었다.
태국은 온통 불교양식의 건물이 많았다고 기억된다.

코끼리 동상이 우리가 묵는 호텔 입구에 있었다.

사원에 들어갔다. 구경하는데 정신이 팔려 시부모님과 함께 다니다가 시아버지 잃어버려서 찾느라 동행들과 가이드 우리 식구들까지 찾느라 식겁하기도 하였다.

이곳에서 시아버지 모습이 보이지 않았다.

시어머니는 얼굴이 창백해져서 영감 잃어버리고 가는 줄 알고 혼비백산 안절부절 하며 이리저리 정신없이 돌아다니고, 어머니도 잃어버릴까봐 가만히 있으라고 하고는 뛰어다니다가 찾았는데 본인도 몹시 놀랐던지 반가와 했었던 일이 떠올랐다.

호텔에 들어서며 "이런 좋은 방은 처음이다"라고 말씀하신 시부모님이었다.

도착한 날이 시어머니 생신이라 축하한다며 밤에 과일 바구니가 선물로 들어왔다. 바나나 외에는 이름 모를 과일들이라 깎아 드렸어도 우리입맛에 맞지 않았다. 준 사람 성의도 없이 못 먹고 남겨두었던 과일들인데 한국에서 예식장 뷔페상차림에 보이더군요.

아침엔 호텔 수영장에 일찍 내려가 수영을 했는데 소피아랑 둘만 팔이 긴 수영복을 입고 물에서 놀았다. ㅋㅋ

다른 나라 사람들은 거의 벗은 채로 일광욕을 즐기고 있었다.

가이드가 있어서 스케줄대로 따라 다니기만 하면 되니 마음은 편했지만 노인들이 같이 다니다 보니 여행인지 감시원인지 신경 쓸 일이 많았다.

야시장도 가보았고, 수상시장에 들러 악어고기도 맛보았는데 별로였다. 시어른은 드시라고 해도 고개를 흔든다. 악어를 본 것만으로 겁이 났던지라 고기는 먹지 않았고, 날이 덥다보니 망고 주스만 들이켰다.

식당 이름이 생각이 나지 않는데 중화요리 집에서는 줄을 타고 음식을 들고 서빙 하는 것을 보게 되었다. 돈은 적게 들면서 제대로 구경은 한 것 같다.

다니는 것이 힘들다고 하여 밤에 두 분은 호텔 방에 계시라고 했다, 소피아와 동행들은 추가 요금을 부담하고, 야시장에 구경 가서 뱀 쇼를 구경했다, 거리에서 서커스 하듯 몸을 자유롭게 유연성을 보여주는 소녀도 있었다. 아름다운 추억여행을 글을 쓰면서 회상해 본다.

데레사의 추억

다시 가고 싶은 백령도

백령도는 우리가 대전에 살 때 백령도 근무하는 고향 친구의 초대로 다녀온 적 있다. 당시에는 지금처럼 핸드폰 카메라가 없었기에 사진으로 남은 것이 없다. 그곳에서 본 경치며 좋았던 것을 기억을 더듬어 본다. 집에 엄마를 올라오라고 해서 두 아들을 맡기고 갔다.

선물을 뭘 사 가지? 감이랑 포도를 박스로 사 갔다. 친구 부인이 우리 부부를 백령도의 여러 곳을 데리고 다니며 구경시켜 주었다.

콩 돌 바닷가는 자잘한 돌이 동글동글 매끄럽고 파도가 밀려와서 부서지는 소리가 촤아~ 짜르르

아마 지금 같으면 스마트폰으로 동영상도 찍고 사진도 많이 남겼을 텐데……

멀리 북녘땅이 보이는 곳에 자리한 심청각이 있다.

심청이가 뛰어들었다는 인당수라고 고전 이야기가 전해 내려오는 곳에서 심청전을 떠올리며 사진도 찍었어야 되는데 없어 아쉬웠다.

사곶 해수욕장은 바닥이 딱딱해서 천연비행장으로도 사용할 수가 있다고 들었다.

주변을 배를 타고 해상관광을 하면서 절벽이며 기암괴석들을 볼 수도 있었는데 기억이 가물가물 꼭 다시 가보고 싶다.

친구가 근무했던 해병대까지 다 돌아 볼 수 있었다.

배로 네 시간을 타고 갔어도 멀미하지 않기에 다행이었지만 망망대해 바다만 보는 것이 두려웠던, 가도 가도 섬이 보이지 않았던 그때가 아련히 떠오른다.

대청도에 들렀다가 다시 더 타고 들어갔다.

요즘은 그렇게 오래 배 타고 간다는 것이 무섭다.

세월호 사건이며 천안함 사건, 자주 배가 침몰했다는
뉴스가 나오기에 ㅠㅠ

시간이 빨라졌을라나?

인터넷에서 검색해 봤다.

배 타는 시간은 그때처럼 변함없이 4시간인데 뱃삯
은 많이 올랐네. 6만 원이 넘는다.

주말이나 공휴일은 할증료까지 있다고 한다.

우리가 갔을 땐 만원 안팎이었던 것 같은데......

사진이 없기에 다시 가면 많이 찍어 남기고 싶다.

내가 좋아했던 노래

　돌아오지 않는 강
당신의 눈 속에 내가 있고, 내 눈 속에 당신이 있으
니 우리 서로가 행복 했노라
아~ 그 바닷가 파도 소리 밀려오는데
겨울나무 사이로 당신은 가고
나는 한 마리 새가 되었네
https://youtu.be/rRoKjUgcrmU
이 노래는 중학교 때

첫사랑 체험수기 책을 친구들과 돌려보면서 읽은 내용 중에 오빠가 휘파람을 불며 그 소리에 마음을 뺏겨 좋아했다는 내용을 보고, 그 수기속의 주인공이 된 듯 조용필의 돌아오지 않는 강을 흥얼거렸고, 테이프를 사서 들었다.

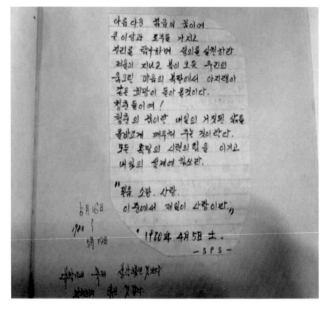

이 가사를 노트에 적어뒀는데 고등학교에 다닐 때 수학 선생님이 내용을 보고 "뭐라고 사랑? 공부나 하지 무슨 사랑 타령이냐?" 며 손등을 자로 톡톡 맞

았던 기억이 올라오기도 했다.

좋지 못한 기억이지만 내 첫사랑, 혼자 좋아했던 오빠를 생각하며 부르기도 했었고. 노래방에서 가끔 불러보곤 했는데......

오늘 글쓰기 하면서 생각나는 노래가 [돌아오지 않는 강]이다. 유튜브에서 찾아봤다.

몇 번이고 들었다.

결혼하면서 챙겨 오는 걸 깜빡해서 일기장이며 모아둔 자료들은 없어졌지만 기억 속에 아련히 떠오른다. 구미극장이 지금의 하나은행이 있는 자리인데 친구네 집이어서 놀러 가면 영화도 볼 수 있었다.

극장 앞 간판에 《조용필 리사이틀》을 지나며 봤었고, 처음으로 공연을 봤는데 그때 의상이 흰색 한복에 파란 조끼 머리에 흰 두건을 쓰고 노래하던 모습이 어렴풋이 생각났다. 그 후로 조용필 오빠는 [돌아와요 부산항], [창밖의 여자]로 인기가 급상승하며 TV에서 자주 봤다. 극성팬은 아니었지만 조용필이라는 이름만 들어도 좋았고, 노래는 다 적어서 외우곤 하던 시절이 있다. 극장집 딸 그 친구가 지금은 수원에서 버스 기사를 한다.

데레사의 추억

옛날이 그립구나!

차의 키 고리가 1996년의 장면을 돌아보게 해 준다.

구석에 박혀 있던 열쇠고리 함을 뒤져 꺼내 보니 제일 첫 번째 탔던 차의 키 고리 발견. 남편이 앙골라 파병 다녀와서 파병 월급으로 사게 된 세피아의 넘버 키 고리

이때는 수시로 차 닦기 ㅎ

생각지도 못한 숫자이건만 남아 있었다니 후훗

그래서 그때 일을 생각하며 자료를 꺼내 봤다.

파병 환송식 때 성남 비행장에서 찍은 사진과 청와대에서 대통령과의 환송식 사진 저 때는 멋진 모습이었는데......

이 달력을 보며 돌아오기를 기다린 흔적 아들이 낙서하듯 지운 것과 남편이 편지에 날짜 남은 날을 적어서 보낸 한국과 앙골라의 시간을 지워가며 첫 번째 보내온 편지를 받고 당시에 얼마나 울었는지 생각해 보니 콧잔등이 시큰해지네.

아직도 이것들이 남아 있다는 게 옛날을 떠오르게 하는 자료가 될 줄이야.

뭐든 잘 모아두는 편이라 버리지 않는데 시아버지와의 다툼이 있고는 집을 정리하여 모조리 버렸다.

신혼 때부터 쓴 가계부며 아들 둘이 써온 일기장, 학

교 다닐 때 그린 그림이며 온갖 것이 다 사라져버려서 속상했다. ㅠㅠ

중요하다 싶은 것은 미리 집을 이사하면서 옮겨 놓은지라 있지만 19평 좁은 집이라 다 가져올 수 없어서 시댁 2층에 있던 것들은 집을 비우며 미련 없이 버렸다. 그런데 자료를 찾으려다 보니 왜 버렸을까 후회된다. 남편을 앙골라로 보내고는 국방일보나 신문에 소식이 나오면 오려서 일기장에 스크랩해 두었는데 그때 부대에서 일어난 상황을 지금 볼 수 있다니. 앙골라 갔다 온 후 제주도 여행을 당시 행정과장 부부와 다녀왔다.

차의 키 고리 하나에 앙골라에 대한 기억들을 돌아보게 되었다.

파병 나가면서 "운전면허 따라" 앙골라 갔다 와서 우리도 차를 사자!

그래서 95년 12월에 운전면허 땄다.

돌아오고는 대전으로 발령 나서 그곳에서 세피아를 사게 되었고, 차를 사면서 영업사원에게 이틀 연수시켜 달라고 했었다.

하루만 연수받고 할 수 있겠다 싶어서 혼자 새벽에

유성 거리를 몰고 나가서 한 바퀴 돌아보고 들어 왔으니 겁도 없었지.

실수도 여러 번 비가 억수같이 쏟아지는 날 와이퍼 작동할 수 없어서 웅크리고 밖을 보며 그냥 들어오기도 했고, 밤에 전조등을 못 켜서 힘들게 오기도 했으니 ㅎㅎ

지금 생각하면 웃고픈 이야기들이다.

이후에 차량 사용설명서 정독했고, 경부고속도로 대전서 구미까지 시속 50킬로로 내려오기까지 첫 차에 대한 기억들이 새롭다.

장성으로 이사 가서는 나는 카레이서가 되고 싶어. 과속하다가 꺾기가 되지 않아 사고 내서 남편한테 잔소리 들을까 차에 묻은 페인트 지우느라 식겁하기도 했었다. ㅠㅠ

그때 사고로 운전하지 않았다면 장롱면허가 되었겠지만, 떨리는 마음 접어두고 열심히 다니다 보니 전국 어디라도 내 맘대로 다닐 수 있게 되었다. ㅎㅎ

운전은 내 스트레스 푸는 최고의 수단이다.

속상하면 타고 나와 어디로든 달려간다.

고속도로를 달리다 보면 기분이 좋아지게 되니까.

코로나로 한동안 가고 싶은데도 정부의 방침을 잘 따르다 보니 못 갔다. 이젠 서서히 여행을 다녀볼까 했지만 갈 수가 없다. 환자와 같이 장시간 다니는 것이 힘들다. 건강할 때 다리 힘 있을 때 많이 다니라는 말이 실감이 난다.

[나의 이탈과 일탈]

일탈은 돌아오는 것이고, 이탈은 돌아오지 못하는 것으로 정의한다면? 이탈하고 싶었어도 일탈로 끝난 것들 속상하면 어디론가 훌쩍 떠나고 싶을 때가 있다. 늦둥이 소피아가 어릴 때는 어디를 가도 데리고 다녔다.

남편이 퇴직하기 전에는 주말부부로 삼대가 덕을 쌓아야 된다는 그런 삶이었다.

소피아랑 단둘이 살면서 내가 하고 싶었던 것을 다 하며, 어디를 가도 소피아만 데리고 나가면 되니까.

남편이란 사람은 주말에 집에 오면 나가서 친구들이랑 술 마시고 새벽이 되어야 들어오고 산악회 가입해서 산에 다니고 정말 꼴 보기 싫은 게 한두 번이 아니었다. 어느 날 휴대폰에서 낯선 여자의 이름으로 메시지며 음란 동영상과 돈 보낸 흔적들 의심 갈 일들이 수시로 일어났다. 다툼이 있었고 속상해서 소피아를 차에 태우고 지갑만 챙겨서 나갔다.

어디를 가지?

에라 모르겠다. 바다로 가자!

포항 해맞이 공원을 네비게이션으로 찍고 출발, 차 안에서 라디오 빵빵하게 켜고 눈물도 흘려가며 그렇게 일탈은 시작되었다.

네비게이션이 잘못 알려 주니 잘못 들어서서 되돌아 나오기도 하고 포항 해병여단 부대 앞에서 내려서 돌아보고 사진도 찍었다. 그리고 해맞이 공원에서 바다를 보며 사진도 찍고 기념관에도 들러서 구경하였다. 소피아는 엄마 기분은 아랑곳하지 않고, 마냥 기분 좋게 뛰어다녔다. 그래도 밖에서 자는 것은 두려워 바람 쏘이고 속상했던 것을 털어내고 집으로 돌아왔다.

나에게 이탈은 죄 되어 허용되지 않는가 보다.

힘들어서 죽고 싶었던 날이 있었다.

제주도 여행 가서 돌아오지 말까?

그러다가 에버랜드로 갔다.

엄마가 나의 촉이 이상했던지 따라나섰다.

소피아와 둘이 에버랜드서 재미나게 놀고 그냥 죽고
싶었는데 동행이 있어서 수원역 앞에 있는 여관에서
자고 버스로 에버랜드에 가서 밤까지 구경하고 엄마
의 설득으로 돌아온 적이 있다. 일탈이 되고 말았다.

　시댁 식구들은 내가 얼마나 힘들고 아픔이 많은
삶인지 모른다. 자기들이 보기에는 아들이 벌어다 주
는 돈만 빼먹는 벌레로 봤음을 근래에 알게 되었다.
한바탕 시아버지의 말에 속상해서 단절하고 가지 않
는다. 착하게 살았던 날들이 이 일만으로 나쁜 며느
리가 되었다는 걸 안다. 숨 막히게 살아온 수십 년인
데 지금 애들 같으면 살았을까?

자기 딸은 맞고 살면 사위가 죽일 놈이라고 욕하고
딸을 데리고 있었으면서 자기 아들의 폭력적인 행동
은 내가 잘 못해서라고 말하는 그 사람들이다.

자기 딸은 아들을 공직자로 만들어서 떳떳하고 자랑
스럽다고 한다.

친손주 녀석들이 하나도 공직자를 못하고, 남한테 부
끄러워 말을 못 한다고 하는 그들이다.

하느님은 제일 사랑하는 사람을 친다.

당신 아들 그래서 젊은 나이에 이렇게 치매로 살게 될 줄 누가 알았으리……

내 자식들은 부족하고 못나서 공무원 되지 못하였다. 내 씀씀이가 커서 돈도 모으지 못했다.

당신들이 본 나의 이미지는 흥청망청 살림 못사는 그런 못난 며느리로 찍혔다.

몇 번이고 그 집에서 벗어나고 싶었다.

3개월 동안 이탈하고 싶어 집을 나가서 살면서 이혼하기만을 기다리고 있었는데, 엄마의 설득으로 또 소피아가 아빠가 필요하다는 말에 맘이 흔들려 다시 그 집으로 들어가서 이탈이 아닌 일탈이 되기도 했다. 어린 나이에 시집가서 이사를 자주 다니다 보니 아이가 백혈병으로 진단받아 병원 다니며 고생했고, 부대 이전해서 갈 때마다 새로운 곳에 적응하고, 파출부 아닌 파출부 노릇까지 하며 뒷바라지했건만 돌아온 건 네가 한 게 뭐 있냐는 말뿐이었는데 하~

고향인 구미에 정착해서는 친정 시댁이 바로 옆이라 양가 다니며 해결사로 살기 바빴고, 문구점이란 걸 차리게 된 게 엄마 때문이라고 그걸 가지고 모녀 사기꾼이라며 입에 달고 살았던지라 정이 다 떨어졌다.

시댁 2층에 살았으니 얼마나 벗어나고 싶었는지 ㅠ ㅠ 밤이면 술에 잔뜩 취한 시어머니의 술주정에 힘들었다. 벗어나고 싶어서 엄마 간 준 땅에 집을 짓기로 맘먹었고, 친구가 도와줘서 대출받아 집을 지었는데, 남편은 내가 알고 지내고, 일과 관련된 사람은 무조건 사기꾼이라 매도한 사람인지라 말을 섞기 싫었다. 집이 완공되고, 난 시댁으로부터 이탈했다.

4층에 살다 보니 노인들은 다리 아프다고 우리 집에 잘 오지 않는다. 아니 내 이름으로 지은 집이라 오기 싫은 것이다.

집터가 좋지 않아 자기 아들이 그런 병이 걸렸다고 말한다.

힘들었을 때는 일탈이 잦았다.

차를 타고 고속도로를 달려 바닷가로 갔다 오면 감정이 정리가 되곤 했으니까.

이젠 일탈도 못한다.

집에 환자가 있으니까ㅠ

늙고 병 들면 두고 보자며 이를 갈고 살았는데, 막상 병 들어서 아무것도 못 하고 나만 쳐다보고 있으니 불쌍해서 내치지를 못한다.

성당에서 쓰레기 주우며 나의 작은 희생으로 우리 집에 있는 사람 더 나빠지지 않고, 이대로만 살다가 가게 해달라고 매달인다.

미사에 가서 기도한다.

하지만 마음에 나쁜 생각 때문에 기도가 되지 않음을 알고 있다.

용서하고 화해해야 함을 알고 있다.

마음뿐이고 머리가 행동하게 하지 않는다.

많은 것을 희생하며 살았다.

앞으로도 더 많은 희생이 따를 것이다.

내 십자가가 길어서 자르고 싶지만 자르면 나중에 강을 건너갈 수가 없을까 봐 지고 간다.

데레사의 추억

나에게 기차는 어느 순간까지 생활의 일부

　봉화 분천역 가던 날. 이날 사진을 많이 찍었는데 왜 이사진만 없는지 찾으려고 sd카드 다 뒤지고 외장하드 두 개를 다 뒤져도 사진이 없다. 그래서 찾은 게 문화사랑 밴드에 다녀온 그날의 후기를 보니 감사하게 블로거로 링크를 걸어 놨다.

사진을 보니 그때의 기억이 떠오른다.

문화사랑 모임에서 난 기차표 예매를 맡았다.

발매하는 날 아침.

기차표를 구하려고 새벽부터 컴퓨터 앞에서 대기하고 있었다. 요 이 땅 판매를 시작하면서 바로 입력 톡톡. 감사하게도 구매 완료했다. 몇 분 만에 매진이었다.

인터넷으로 예매 시간 기다리다가 구매 한 건 그날이 처음이었다. 일행은 피노키오 사장님의 스타렉스로 출발해서 분천역에 도착하였다. 기념사진을 찍었고, 봉화가 고향인 이 선생님이 철암까지 본인 차로 이동하여 우리를 기다려 주었고, 기차로 출발해서 작은 역에 들러 막걸리도 한잔하고, 주변을 걷기도 하며 철암에 도착했다. 그곳에서 만나 광산이었던 여러 곳을 둘러보게 되었다.

나에게 기차는 생활이었다.

엄마 심부름으로 대구 피혁 점에 가서 주문해 놓은 물건 찾아오던 것이 초등학교 3학년 때 혼자 기차를 타고 심부름 다녔었다. 동성로에 피혁점이 있었는데, 아버지 양화점에 구두 맞춤 주문이 들어오면, 사이즈랑 구두 모양을 종이에 그려서 갖다주고, 그곳에서 가죽으로 모양이 만들어지면 찾아오는 건데 바

뺄 때 내게 시켰다. 지금의 난 딸을 혼자 대구로 심
부름을 보내지 못한다.

그런데 당시 국민(초등)학교 3학년인 나에게 피혁점
을 한 번 가르쳐 주고는 대구까지 보냈는지......

먼 곳까지 잘 찾아다니며 심부름을 했던 내가 기특
하다. ㅎㅎ

구미에서 대구까지 기차를 타고 창밖 구경하며 할머
니와 신천동 고모할머니 댁에 다니러 갔던 것도 생
각이 난다.

쌀집을 하던 고모할머니는 이상한 종교를 믿어서 새
벽에 벽을 보고 뭐라고 중얼중얼 기도하던 모습을
본 기억이 난다.

이미 할머니도, 고모할머니도 계시지 않다.

왜 고모 자녀들과 연락하지 않고 모르고 살까?

고모할머니 외에는 아무도 기억이 나지 않는다. 누구
와도 왕래가 없다. 이후로는 대학 다닐 때 기차는 통
학용이었다.

매일 기차로 동대구까지 간다.

걸어서 학교까지는 얼마 걸리지 않았다.

학교에 들어서면 효목동 55번지 학교 방송이 나온

다. 그때 남편은 2학년이었고, 신입생인 내가 만날 수 있었다.

전자공학과에는 여학생이 두 명이었다.

배옥이가 생각나는데 졸업하고 나서 언제부터인지 연락이 안 되었다. 학교 다닐 때는 여학생이 귀해서 인기가 많았다.(내 착각이었나?)

교수님 소개로 알바가 생겼는데, 영남 호텔 사거리에 있는 세차장에서 수업 마치면 차 안을 닦는 알바도 해봤다.

학교 앞의 다방에서 음악 감상도 하고, 자취하는 친구 집에 가서 라면도 끓여 먹고, 화공과의 남학생들과 미팅도 해보고, 학교 앞 동부 경찰서의 전경들과 미팅도 하고 으흐흐

근데 왜 자꾸만 생각이 떠오르는 거지?

아무런 생각도 없이 살다가 과거로의 여행이 스멀스멀 올라오는 건 뭔지......

그때 알고 지냈던 친구들의 소식은 전혀 모른다.

기차를 타고 다니다가 창 쪽으로 머리를 기대고 잠이 들면, 나도 모르게 침이 흘러서 ㅠㅠ 앞에 앉았던 남자애들한테 놀림당하기도 하였다.

구미 아닌 다른 곳에 사는 남자한테 연락처를 받기도 했는데, 영동으로 놀러 오라고 ㅋㅋ

이름이 생각은 나지만 김ㅇㅇ 콧수염을 길렀고, 권투를 한다고 했다. 당시에 학교 앞에서 동거하던 커플도 있었는데 그 둘이 결혼할 때는 무안까지 가서 축하해 주고 온 기억이 있는데, 지금도 잘살고 있는지 궁금하네.

군용열차

구미역에서 밤에 9시 40분경에 출발하는 기차.

구미서 용산까지 타고 다녔던 고마운 기차.

남편이 강원도 화천에 첫 발령 나서 근무했기에, 면회 가려면 밤차를 타고 갔다. 새벽에 용산 도착해서 마장동 터미널로 가서 화천 가는 버스를 탔다.

얼마 있다가 터미널이 상봉동으로 이전했지.

면회 다니기 힘들다고 엄마가 서울에 있도록 머물 곳을 소개해 줬다. 서울 잠실 아파트 앞 상가에 엄마 외사촌 오빠가 운영하던 봉재 공장이 있는데 그곳에서 일하며 주말에 면회를 다니라고 했다.

그때 알았던 사람 중에 얼굴이 유난히 하얗고 예뻤던 언니가 생각난다. 같은 곳에서 일하는 남자랑 동

거했는데 그 집에 놀러 갔었고 잘 지냈는데, 난 첫째
를 임신해서 구미로 내려왔다.

기차에 대한 최악의 기억 ㅠㅠ

결혼하고 화천에서 소대장 마쳤고, 광주로 내려오면
서 살림을 나서 86년 5월부터 88년 여름까지 살았
는데, 같이 사니까 맞지 않는 게 많아서 자주 싸웠
다. 싸울 때면 보따리 싸서 친정에 있다가 풀리면 돌
아오곤 했는데, 어느 날은 휴가를 받아서 같이 오게
되었다.

난 애를 업고 있어서 기저귀 가방만 들었고, 남편과
광주서 동대구까지 오면서 약간의 말다툼이 있었다.
지갑이 들어있는 가방을 남편이 들고 있었는데 삐져
서 먼저 가버렸다. 앗~ 지갑하고 생각했을 땐 이미
기차는 떠났다. 큰일 났다. 돈도 없고 집에 어떻게
가지? 효목동 55번지 전자과에 근무했던 언니가 있
는지 가봤다. 퇴직하고 없었다.

으흐흐 어쩌나? 동대구로 와서 이동파출소에 있던
경찰관에게, 돈을 1,000원 빌려달라고 했다. 이상하
게 보면서 사정을 묻기에 이야기했더니 무임승차권
을 끊어 주었다. 구미역에 내려서 승차권을 주고 나

오는데, 역무원이 멀쩡하게 생긴 사람이 왜 무임승차
권을 갖고 차를 타냐며 구시렁대서 나오던 사람들이
쳐다봐서 창피했던 ㅠㅠ

이후로는 지갑은 꼭 내가 들고 다닌다.

요즘은 스마트폰만 있으면 걱정이 없는 참 좋은 시
대에 살고 있다.

기차로 출퇴근도 해봤다.

구미에서 경산으로

일찍 나가고 늦게 들어오는 날이면 피곤해서 차에서
졸기도 한다.

어느 날은 경산을 지나쳐서 내려 다시 올라오기도
하고, 어떤 땐 구미를 지나 김천역에서 내려 다시 내
려오기도 했다. 바로 내려오는 기차가 없을 땐 버스
를 타고 내려오기도 했고, 아들 보고 태우러 오라고
도 했다.

피곤해서 졸다가 역을 지나치기 여러 번. 그래서 퇴
근할 때 구미역을 지나칠까 걱정되어 아들이 전화를
해주기도 했다.

서울로 출장 갈 때 KTX 타본 것 이후론 기차 탈 일
이 별로 없다.

퇴직하고는 거의 승용차만 타고 다녔기에 기차를 타
보고 싶다.

소피아랑 행복한 기차여행을 꿈꿔본다.

데레사의 추억

봄꽃 하면 생각나는 무스카리

무스카리

몇 해 전 어느 날 길가에 버려진 화분을 가져왔는데,
다른 걸 심으려고 보니 알뿌리가 있었다.
혹시나 하고 두었더니 봄에 싹이 나고,

보라색 꽃을 피우는데 몇 해가 지나도록 이름을 못 외웠다.

검색해서 이름을 보고 알았다가도 지나면 생각이 안 나고,

sns에 올려서 이 꽃 이름이 뭘까요?

누군가 가르쳐줘도 또 잊어버리고 ㅠㅠ

꽃 이름을 몰라서 봄이 되어 꽃만 보면 뭐였더라?

무스카리 ㅎ

꽃 이름을 찍은 사진 밑에 적어놨네요.

봄이 되면 알뿌리에서 파래처럼 잎이 쑥 올라오고, 솔방울처럼 몽글몽글 포도송이가 생기며, 날이 지나면 보라색으로 꽃잎이 물들어 가요.

꽃이 지면 동그란 잎처럼 생긴 열매가 남아요.

몇 해를 꽃피워주고 있어도 이름을 몰라주는 주인인데, 해마다 보라색 꽃을 예쁘게 피워주네요.

얼굴에 칼자국이 있어서

사람도 핀다고 하지요. 그래서 꽃으로 생각해 봤어요. 내겐 지울 수 없는 흔적이 얼굴에 있다.

일곱 살 때 아버지가 하시던 킹 양화점에서 주인집 아들이 가게에 와서 놀았다. 네 살이던 아이가 구두창을 다듬는 잘 드는 칼을 손에 들고 있었기에, 위험하다며 잡고 뺏다가 그만 내 얼굴을 찍어서 피가 철철 흘러 많이 놀랐다.

손으로 꽉 누르며 울고 있을 때, 무슨 일이냐고 엄마가 보고 놀라서 달려와 동네에 있는 영생 의원으로 데리고 갔다.

할머니로 보였던 의사 선생님 아마 지금의 내 나이쯤 되지 싶다. 흰 가운이 무서웠다. "가만히 있어라"

하며 꿰맸는데, 따끔하긴 했지만 얼마나 겁이 났는지 다 끝나고 잘 참았다며 흰 가재를 붙여줬다.

"주인집 아들이 다쳤으면 어찌 되었겠냐" 고 엄마가 말하였고, '차라리 나여서 다행이었다.'
꿰메고 온 이후로 무서워서 소독하러 가지 않았다 .
그래서 상처가 곪아 덧나서 흉터가 커졌고, 얼굴엔 칼자국이 나 있다. 크면서 엄마로부터 들었던 말이 " 아이고 이쁜 얼굴이 상처가 있어 시집이나 가겠나? 고등학교 졸업하면 성형수술 해줘야겠네." 하고 귀에 박히도록 들어왔다. 하지만 대학을 들어갔는데도 "성형해 줘야지"라고 했던 말을 하지 않았다. 남편을 대학에서 알게 되었고, 엄마에게 소개했다.
그러던 어느 날 "흉터 있어도 좋다는 놈 있는데 성형 안 해도 되겠다."라고 말했다. 이럴 수가 ㅠㅠ
내 처지에 성형은 무슨 성형이야 포기했다.
어느 날 시댁에 인사하러 갔다.
보통 사람들은 모르고 있는데 시어머니가 "칼자국이 있구나"라고 "여자 얼굴에 있으면 팔자가 센데 그나마 눈 아래 있어 다행이다"
지금까지 얼굴에 흉터가 있게 살아왔다.

마음 한구석에는 두 어머니에 대한 서운한 감정이 남아 있는 것 같다. 사람을 꽃에 비유하면 청소년기 접어들 때 환하게 핀다고 한다. 그 나이 땐 다 이쁘다. 하지만 관리해 주면 더 예쁜 모습으로 피지 않을까 싶다.

딸의 얼굴에는 여드름이 많이 난다.

여드름을 청춘의 꽃이라고 하니 내겐 그것마저도 아름답게 보이지만 딸은 신경이 쓰이는가 보다.

어느 날 가톨릭 문화회관에 기도회가 있는데 소피아를 데리고 갔다.

앞에 앉아 있던 할머니가 "아이고 얼굴이 이게 뭐꼬? 대구 ○○피부과에 가봐라 약 잘 듣는다. 몇 번만 가면 나을긴데 아를 이래 놔두고 있나."

그래서 피부과에 가려고 생각했다.

대구로 내려가며 소피아가 검색해 보더니 "엄마 여긴 불친절하다고 올려놓은 후기가 많네."

다른 곳 가보자! 직접 찾아서 선택한 곳이 미즈 피부과인데 2년이 되도록 다니며 관리해 주었다.

나처럼 후일 여드름 자국으로 인한 마음에 상처를 남겨두지 말라고.

데레사의 추억

큰아들 생일 평택으로 가던 날

큰아들 생일이 역대 대통령 취임했던 25일인데, 어젯밤에 얼굴을 보고 왔다. 마음으로 생각나게 하는 사람이 큰아들인 것 같다.

이른 나이에 가졌고, 낳아서 키우다 보니 엄마의 사랑보다는 할머니가 더 예뻐했던 것이다.

생일이라 어젯밤에 갑자기 아들 보러 올라갔다.

빈말로 우리 평택에 동현이 보러 갈까? 했더니, 남편이 "좋지 가자! 보고 싶다." 해서 아들한테 전화했더니 코로나도 심하고 방 청소도 안 돼 있으니 오지 말라 해서 알았다고 하곤 안 가는 걸로 맘을 정했다.

오후에 글쓰기를 하는데 당근 톡이 왔다.

저녁에 체중계 갖다 주러 형곡동에 있는 금룡사 앞으로 갔다.

아들에게서 전화가 왔다.

"어디야?"

"구미지 왜? 엄마가 간다고 해서 혹시 기다렸나?

아들이 "응 " 갑자기 맘이 변했다.

기다렸을 아들 생각하니 맘이 짠했다.

우리 집 아래층 가게 지코바에 전화해서 순살 양념 치킨 주문하고, 대구 뽈찜에 중간 사이즈 순한 맛으로 하나 시켰다.

집으로 돌아와서 관절에 좋다는 MSM 챙기고, 인바디 체중계랑 손전등, 마스크 한 박스, 밥을 싸고, 이것저것 챙겨서 차에 싣고 출발했다. 주유도 하고, 하이패스 카드도 충전해야겠기에 김천휴게소에 들렀다. 케이크를 깜박했는데 휴게소에는 없어서 대신 도넛 빵을 샀다.

출발해서 열심히 달리는데 차에 경고등이 뜬다.

어! 어! 이게 뭐지?

가까운 청주 휴게소로 들어갔다.

카톡이며 페이스북에 올려 물었다.

요소수 부족이라고 해서 요소수 통 앞에 서니 이건 주인에게 연락하라고 쓰여 있다.

불러서 넣어 달라고 했는데 이런! 흘러넘쳤다. 종이 컵에 물을 담아 와서 주유구를 씻어준다.

양이 얼마나 들어가는지 주인도 모른다.

담부턴 10,000원만 넣어야겠다.

요소수가 리터당 1,000원인데 스타렉스에는 11리터 들어가니 넘치는구나.

10시가 넘어서 아들한테 전화해서 가고 있다고 하니 "올라 오지 말라 했잖아"

"네가 전화 안 했으면 올라오지 않잖아.

전화 받으니 맘이 짠해서 밥이라도 같이 먹으려고 가는 거지."

다섯 손가락 깨물면 다 아프다. 더 아픈 손가락이 있다. 어릴 때부터 병치레로 죽을 고비를 몇 번이나 넘기고 힘들게 키워온 아들이다. 옆에 있으면 돈도 못 벌고 눈에 보이니 골치 아프고, 나가 있으면 몸이 건강하지 못하니 늘 걱정되고 ㅠㅠ

도착해서 보니 아유 불쌍해서 못 봐주겠다.

이마와 목뒤에 벌겋게 아토피가 심해져 있다.

방 청소하지 않아 먼지가 많고, 온통 어질러져 있어서 앉을 자리도 없었다.

머리는 돈 든다고 미장원에 안 가고 이발기 사서 박박 밀어서 외모엔 전혀 신경도 안 쓰고 있으니 어찌 여자 친구가 생기겠나? 딱해라. 집에서 사간 양념치킨이랑 뽈찜을 내놓고 먹으려고 보니 다 식어서 맛이 덜했다. 아들은 "맛도 없는 걸 여기까지 사 오냐"라며 구시렁댔다.

"아녀 집에서는 너무 맛있게 먹었지. 오랜 시간 지나다 보니 식어서 그런 거야." "입에 맞지도 않고 짜다"라며 사 온 사람 성의도 무시하고 계속 중얼댄다. "알았다. 다음부턴 안 사 온다. 안 사 와" 먹기 바쁘게 가라고 재촉한다.

뒷머리가 길어져서 뒤에 정리 좀 해달라고 하니 일자로 잘라 놨다. 원룸이라 좁아서 잘 것도 아니었지만 낼 출근하니 빨리 자야 한다기에 먹던 거랑 가져간 것을 다시 싸서 내려왔다. 운전 중에 얼마나 눈꺼풀이 무거운지 운전대를 잡으면 졸리고 휴게소 들어가면 깨이고 ㅠㅠ

죽암 휴게소 잠시 들렀고, 다시 천안 호두 휴게소,

다시 옥천 휴게소까지 평소엔 한 번만 쉬고 오는데 세 번이나 들어갔다. 결국 옥천에서는 10분 정도 잤다. 그래서 잘 내려올 수 있었다.

큰아들 임신했을 때 병원에 가서 유산하려고 다음 주로 예약을 잡아 놓았다.

그날 밤 백마가 하늘에서 내려오는 꿈을 꾸고, 친정 엄마한테 전화했더니 태몽이네. 구미로 내려오라고 해서 하던 일을 접고 내려왔다. 아마 이때 마음먹었던 게 잘못이었나 보다.

구미에 김의홍 산부인과가 있었는데 5개월 되었을 때 한번 가서 잘 크고 있는지 확인했고, 애 낳기 전날 가니 아직 멀었다고 했는데 우겨서 입원했다.

밤새 허리와 배를 틀어서 죽는 줄 알았지.

다시는 애 낳지 않을 거라고, 그런데 아이가 태를 목에 감고 있단다. 힘은 주어지는데 애 목 졸려 죽는다고 힘을 주지 말라 했다. 순산도 아니고 정말이지 이렇게 힘들게 애를 낳는가 싶었기에 옆에 누워있는 아기가 눈에 들어오지도 않았다.

엄마는 아기가 너무 예쁘다고 했지만 너 땜에 고생했다는 마음이 먼저였다.

아이 낳았다고 남편한테 전화하니 다음 날 화천 다목리에서 바로 내려왔다. 큐빅 목걸이를 사 와서 고생했다며 걸어주었다.

그러고는 6월쯤에 전라도 광주로 발령이 나서 살림을 나게 되었다.

쌍촌동 기갑 아파트로 이사하고 그곳에서부터 군인 가족으로 삶을 살았다.

중학교 2학년 때 장가보내 주세요.

　말썽 많은 아들이 있어요.

전학을 자주 다니다 보니 이사 가서 학교에 전학할 때마다 남자애들은 적응하는 것이 힘이 들었나 봅니다. 작은 아들에 대한 이야기는 맘에 늘 마음을 아프게 합니다. 형이 아팠기에 병원에 갈 때면 작은 아들은 여러 친척 집에 맡겨져서 생활하게 되었고, 다섯 살에 형에게 골수이식을 위해 병원에 입원해서 피검사 할 때 아까운 내피 하며 울었던 하필 그때 탈장으로 수술했고, 맘 아픈 일이 있었어요. 남의 집으로 전전긍긍하며 자란 탓으로 눈치를 보는 일이 많았어요. 화천에 살 때가 2학년 자전거에서 떨어져서 다치고, 미끄럼틀에서 떨어져 머리를 다치고, 장이 아파 병원에 가기도 했고, 항상 다쳐서 들어오고, 발목이 삐어 기브스를 했고, 손바닥을 칼로 그려서 꿰메기도 했고, 늘 걱정을 달고 지켜봐야 하는 말썽꾸러기 아들이었어요. 그런데 아들을 걱정해서 아팠구나! 가 아니라 아픈 아이에게 잔소리꾼 엄마였어요. 왜 쓸데없이 다녀서 다쳐 오냐고. 어린 나이에 엄마가 되었고, 부모교육을 받지 못해서 그랬어요. 어느 해 스승의 날 전화가 와서 엄마 학교로 꽃다발과 한 송이 보내주세요. 했기에 꽃집에 전화해서 아들 반으로 보냈어요. 근데 선생님께서 전화가 왔더라고요. 어머니가 꽃을 보내주셨는데 아셔야 할 것 같다며. 아들이 한 송이는 선생님께 드렸고, 꽃바구니는 여자 친구에게 주었다는 겁니다. 그날 저녁 난리가 났지요. 지금은 아동학대로 신고당할 수 있는데 당시에 아빠가 팬티만 입고 나가라 하니 잘못했단 말을 하지 않고 그냥 나가 버리더라고요. 찾다보니 다행히 아파트 앞 과일가게에서 트레이닝 옷을 입혀 데리고 있어

찾아오기도 했어요. 그러다가 구미로 이사 와서 덩치가 있으니 꼭 폭력과 관련이 있더라고요. 반에서 짱이라는 애와 이기고 나서야 친해져서 어울려 다닙니다. 중학교에 가서도 선배들에게 맞고 2학년이 되어서는 후배를 때리기도 해서 학교에 불려가서 다시는 이런 불상사가 일어나지 않겠다는 각서까지 썼던 일도 있었어요. 담배를 피워서 남의 새 원룸 바닥에 침을 뱉었다는 이유로 엄마가 청소하러 오라고 했어요. 갔더니 혼자 청소하러 온 겁니다. 아들이 왜 왔느냐고 하더군요. 애들이 청소를 하고 있었는데 오라고 해서 청소하러 왔다고 하니 선생님께서 그냥 가시라고 해서 돌아오기도 했어요. 중학교 2학년 어느 날 엄마 장가보내주세요. 뜬금없는 소리를 해서 놀라기도 했어요. 지금 생각을 할지 모르겠지만 정말로 많은 것들로 인해 엄마를 놀라게 하고 걱정을 하게 한 아들이었어요.

가출을 해서 연락이 안 되었고, 나중에 알고 보니 남의 원룸 옥상에서 자고 성당에 가서 씻고 나오다가 새벽기도 온 신자에게 들켜서 놀라게 해서 이후로는 성당 문을 잠그게 되었다지요. 고등학교에 입학

해서도 2주일을 학교에 다니더니 가출을 해서 연락이 되지 않았어요. 가슴 졸이게 했고, 결석이 2주일이 지나니 선생님께서 전화가 왔더라고요. 휴학하든지 자퇴하라고 해서 난감했어요. 전화를 받지 않기에 문자를 보냈어요. "선생님이 오라고 해서 학교에 왔는데 휴학하거나 자퇴하는 것이 어떠냐고 한다." 바로 답이 왔어요. "자퇴 할게"라고. 하늘이 무너지는 듯 힘들었어요.

왜 학교를 그만두려고 하니? 학교에서 12시까지 있는 것이 시간 낭비니까 차라리 그 돈을 달라고 하더군요. 한 달에 오십만 원씩 3년을 낸다고 생각하고, 자기한테 투자하라니 난감했어요. 못 주겠다고 했더니 집에 들어오지 않았어요. 두어 달 혼자 생활했나 싶었는데, 누군가의 집에 얹혀살고 있었나 봐요. 집에 들어오는 조건이 오토바이를 사달라고 해요. 오토바이가 위험한데 나이 열여섯 아들에게 사주겠어요? 나도 조건이 있다. 먼저 면허증을 따와라. 그리고 내가 하라는 대로 하자. 생일날 바로 가서 원동기 면허증을 따왔더라고요. 할 수 없이 오토바이 가게로 갔어요. 오토바이 중고 값보다 보험이 더 비

쌌어요. 그리고는 직업전문학교로 가서 등록하고 컴퓨터 자격증을 따라고 했지요. 청소년증 만들고 컴퓨터를 배우러 다니며 한글, 엑셀, 파워포인트 등 딸 수 있는 건 다 따게 했어요. 그리고 학원을 두 달 끊어 달라고 하더군요. 학원 다니며 검정고시를 두 달 공부해서 고졸 자격을 취득하고, 친구들 보다 일찍 대학에 들어갔어요. 여자 친구를 우리 집에 빈방이 있어 세를 싸게 들어와서 살게 했는데 3개월을 살다 보니 헤어진다고 하더군요. 본인이 원하는 학과를 가지 않고 엄마 친구가 교수인 마케팅과에 갔고, 학교에 다니며 미스터 피자에서 알바 해가며 졸업했어요. 하이마트에 원서 냈는데, 합격이라고 좋다며 신입 교육받더니 적성에 맞지 않는다며 나왔어요.

초밥 집에 다니다가 사장님이 대구로 옮겨간다고 같이 가자고 했다면서 이사 갔지만, 수많은 상가 중에서 버티기 힘들어 눈치 보인다며 그만두게 되었고, 다른 일자리로 전전긍긍하며 옮겨 다녔지만, 돈벌이는 안 되는 것 같았어요. 도중에 코인에 빠져 빚더미에 올라 있더라고요. 시부모가 원하니 소방공무원 시험 보라며 내려오라고 했는데 두 달도 안 되어 모르게 도망가듯이 방을 빼서 이사 갔어요. 그러고는 연락이 두절 되었지요. 2년 정도 지났을까? 파산신청을 했다고 하더니 그것마저도 사는 것이 힘이 들었던지 다시 회생 신청한다고 비용을 빌려달라고 하더군요. 나도 힘든 상황이었기에 300만 원을 빌려준다고 했어요. 매달 20만 원씩 갚겠다고 하더니 이번에는 꼬박꼬박 넣어 주더라고요.

부모가 원하는 것을 하라고 하기보다는 본인이 선택해서 원하는 대로 하는 게 맞다 싶어요. 머리 쓰는 사람, 몸 쓰는 사람 우리 아들 둘은 몸 쓰는 일이 맞는지 공사 현장으로 눈을 돌리더라고요. 능력이 없으니 짝도 못 찾고 나이만 들어가는 아들을 보면 맘이 아프네요.

둘째 군대 보내고 카페 드나들며 올린 글들 중에서

2012. 10월 30일 입대.(12-44차 306보충대)

정록아!

시월의 마지막 밤이 왜 이리 쓸쓸하냐 ㅠㅠ

어제 들어가서 전날 잠을 못 자서 고생하진 않았니?

엄마는 너만 보내 놓고 교육받는 내내 마음이 편칠 않았단다.

어제는 피곤해서 사이트 찾는 걸 포기하고 잠을 청해야 했고,

오늘은 아들 생각이 간절해서 찾아 흔적을 남기고 갈까 한다.

머리 깍은 모습을 보니 이제 군인이 되는가 보다 하고 웬지 쓸쓸해 보였다.

엄마에게 날린 카톡 잊지 않으마.

엄마 아들 건강히 잘 갔다 오고. 나라 잘 지키겠다는 말. 혹시라도 종교활동이 가능하다면 성당에 가서 기도하렴.

교육받는 동안 적응 잘해서 무사히 마칠 수 있도록...

집에 있을 때도 얼굴 보기 힘들었는데

군에 있다고 생각하니 보고 싶은 마음이 더 드는 이유는 뭘까?

다들 군대 가면 고생한다고 하지만 마음먹기 나름이다. 우리 정록이는 씩씩하고 적응 잘하는 아들이니 그곳에서도 아마 잘 견딜거라 믿는다.

난 너를 믿는다는 것 알지??

형이 너를 데려다주고 오면서 무슨 생각을 했을까?

집에 와서 피곤하다고 회사도 못 가고 잠만 자더라.

어젠 그냥 아무런 느낌이 없다더니

오늘은 썰렁한가 보더라.

동생이 없다고 생각하니 마음이 짠한지 어제 찍은 사진 보며 울먹이더라.

소피아는 오빠 보고 싶다고 몇 달만 기다리면 되지라고 말하는데 눈물이 나네.

지금도 그러긴 하지만

정록아! 시작이 반이라는 말 알지?

시간은 금방 지나가더라.

이제 엄만 국방부 시계에 관심 갖고 우리 아들 오는 날을 기다릴 거야.

인기 많은 아들 친구들이 따라가서 헤어질 땐 섭섭했겠다.

네 친구들이 다 가면 마지막 남은 친구는 누가 데려다 줄지 생각해 봤니?

넌 그래도 행복하게 들어갔다.

좋은 추억만 생각하고 군복무에 충실하길 바랄께.

보고 싶은 아들 그리며 늦은 밤에 두드려 본다.

10월 31일 엄마가

면회 안 된다고 실망하는 아들

　자대배치 후에 면회 된다고 전화가 왔더라고요.

날짜 정하라고 해서 12일로 정하고 기다렸는데

그저께 전화 와서 "신병은 면회가 안 된다"고 하면서

목소리가 축 늘어져 실망하는 그림이 그려집니다.

반면에 전 잘되었구나 싶어 속으로 좋아서 야호~라

고 했지요.

내색은 못 하고 섭섭해서 어떡하니?

뭐 필요한 거 부쳐줄까?

목욕 바구니만 보내달라고 하네요.

보고 싶은 마음도 있었지만

연초라 바쁜 일정도 있고, 어떡하나 고민하고 있었는

데 하느님이 맘을 헤아리시고 이렇게 ㅎㅎ

난 참 나쁜 엄마다 ㅠㅠ

아들 나중에 시간 내서 꼭 갈게

작은아들 입대 후에 수료식을 다녀와서 써놓은 글이 보여서

수료식을 얼마 전부터 계속 기다렸지요.

일기가 좋지 않아 눈이라도 올까봐 걱정하면서 그런데 웬걸 전날 폭설이 내린다고 한다.

구미는 날씨가 좋아 설마 눈이 올까? 하며 오전에 새마을 봉사자 모임에 참석하였다. 점심을 먹고, 선산 성심노인복지센터 주간회의 참석해서 서류 정리 후에 어르신 댁 방문해서 하루의 일과를 마치고 나니 구미에도 비가 부슬부슬 내리기 시작했어요.

아들 아빠는 동탄에 근무하는데 차를 타고 오지 말라며 계속 눈 쌓인 거리의 사진을 찍어 보냈다.

시어머니도 위험하니 차 타고 가지 말라며 계속 전화 했고.

아들은 영외로 나가고 싶으니 가지고 오라고 하고 마음의 갈등이 많았습니다. 남편은 차 타고 가려면 혼자 가라고 하고 여기서 기분이 싹 나빴지요.

미끄러지면 혼자만 다치라는 말로 들렸어요.

그래서 차는 포기하고 야간하고 들어와 자고 있는 큰아들 깨웠고,

유치원에 가서 딸을 데리고 나섰지요.

작은아들이 사 오라는 용품 챙겨서 가방에 싸고, 기차역에 차를 세워 놓고, 눈이 묻어도 젖지 않는 옷을 입혀서 데리고 나와 역에서 저녁을 먹였다.

그리고 아들 친구 네 명과 기차를 타고 서울로 갔어요. 도착하자마자 눈을 보고 딸아이가 얼마나 좋아하는지......

눈을 만지고 뿌리고 팔딱팔딱 뛰어요.

아들 친구들은 신촌에서 놀다가 아침에 신병교육대

로 오겠다고 하며 먼저 갔다.

밤늦은 시간이라 어디로 갈까? 시동생 집으로 가서 자고 갈까? 찜질방을 갈까? 모텔을 갈까?

고민을 하고 남편의 카톡에 찜질방에 가면 소지품 조심하고 딸아이 잘 챙겨 하는 글에 모텔로 정하고 어느 역으로 가서 내릴까? 고민하다가 원당으로 정했지요.

역에 내려서 작은 모텔로 들어가 짐을 풀고 우리 세 식구는 마음 놓고 잠을 잤어요.

아침에 일찍 나서자 싶어서 준비하고 나왔는데 차를 타고 간다고 했기에 차량 출입증과 초대장을 챙겨서 버스를 타고 부대 앞으로 갈 것으로 생각하고 탔는데 잘 못 탔다. 내려서 결국에는 택시를 타고 백마신병교육대대로 갔다.

차들이 많이 들어갔고, 이리 가라 저리 가라 도보로 간다고 저지를 해서 기분은 상했지요.

혼자만 들어가라고 해서 아이를 맡기고 가려고 하니 데리고 가셔요 한다. 그런데 다른 사람들은 혼자만이 아니라 다 들어와 있었다.

말 잘 듣는 우리만 밖에서 기다리게 했다. 딸을 데리

고 들어가서 좋다고 했는데 큰아들과 친구도 들어오
라 할걸......

식이 시작하기 전에 자리 배치를 보고 맨 앞이라 비
집고 들어가려 해도 움직일 수가 없어서 뒤에 자리
를 잡았는데 식이 시작한다고 우루루 뛰어 들어오는
데 사진 찍으려 해도 순식간이라 찍을 수가 없었어
요. 뒤통수라도 찍으려 했지만 잘 보이지 않더군요.
다행히 식이 빨리 끝나고 계급장을 달아 주는 시간.
찾아서 아들을 보는 순간 눈물이 핑 돌았어요.
사진을 찍자고 하니 아들도 눈물이 글썽였고, 억지로
참는 걸 봐서 마음이 아팠답니다.
이병 계급장을 붙이고 안아주고 얼굴도 만지고 손도
잡고 토닥여 주다가 딸이 걸려서 가서 딸을 데리고
오빠한테 왔지요.
오빠 보고 싶었다고 애교를 떨어서 오빠가 웃음을
지어 보이더군요. 안고 사진도 찍고 밖에 기다리고
있던 친구들과 형을 만나러 갔는데 친구들을 안고
만세를 부르고 친구가 건넨 몽셀을 받아들고 환호성
을 지른다.
나 혼자 다 먹어야지 하며 사서 줄 거라고 아무것도

준비하지 않았는데 이런 친구들이 고마웠다. 한 통을 순식간에 다 먹어 치우다니……

우리는 버스를 탄다는 생각 못하고, 계속 길에서 택시 오기만을 기다렸다.

전화해도 없다고 택시는 없다고 하고, 연병장의 차들이 다 빠져나가도 택시를 못 잡았는데, 누군가 버스를 타고 가라고 해서 들어가 부대에서 준비된 버스를 탔다.

진작에 알았더라면 고생하지 않았을텐데……

일산동구청에 내려주고 4시까지 오라고 해서 얼마나 좋았던지……

신선한 공기라며 큰 숨을 몰아쉬고 친구들과 재잘재잘 5주의 신병 교육기간 동안 얼마나 말이 하고 싶었으면 잠시도 쉬지 않고 이야기를 했다.

점심을 어디 가서 뭘 먹을까? 미리 생각해둔 장소가 있었는가 보다. 일산 사는 친구가 무스쿠스로 가라고 했다며 찾아갔고 거기서 점심을 맛있게 먹었다.

군에 있는 동안 변비가 생겨 고생이라며 오늘은 사제 음식을 먹어서 아마도 쾌변을 볼 것 같다며 ㅎㅎ 친구들은 밤새 노느라 피곤했는지 밥을 먹더니 식탁에 엎드려 잠을 자고, 아들은 부대서 못한 휴대폰으로 페이스북을 하며 답을 써주고, 같이 일하던 곳에 전화해서 안부를 전하고 나서 이 얼마나 그리운 것들인지 모른다며 휴대폰 터치하는 것도 잊어 버리겠다며 너스레를 떨었다.

세시가 다 되어 한 접시 더 먹고 나서서 아메리카노 한잔을 마시고 사진도 찍고, 버스에 올라 부대로 복귀했어요.

샴푸랑 휴지를 사달라고 했는데 줄이 길어 그냥 들여보낸 것이 맘에 걸립니다.

'시간이 좀 더 있었다면 좋았을 텐데'라며 아쉬운 마음을 뒤로 하고 버스에 올라 원당역으로 나왔습니다.

기차를 탈까? 고속버스를 탈까? 실랑이하다가 기차로 가자고 결정 딸이 우선권 ㅎㅎ

아빠 회사 차 중앙고속 타야 되는데 혹시나 길이 미끄러지지 않을까? 걱정되어 어제도 오늘도 기차를 타다 보니 미안함이 ㅠㅠ

구미역에 도착해서 차에 시동을 거니 배터리 방전되어 걸리지 않아서 보험회사 전화해서 기다리고 있는 시간이 얼마나 지루한지 ㅠㅠ 액땜했다고 아들이 말

한다. 서울에 차를 타고 가서 그랬으면 어떡할 뻔 했
냐고 ㅠㅠ

아들이 야간 조. 회사에 데려다주고 집에 들어왔으니
무사히 잘 다녀왔다고 보고합니다. 백마 ㅎㅎ

　- 신병교육대 카페에 올려놨던 글을 가져왔어요.-

sns를 시작하게 된 동기

2008년 2월 어느 날 육사회 친구들이 모여 산행한다고 문자가 와서 소피아를 업고 털레털레 나섰다. 금오산 폭포까지 가는 줄 알았는데 어라? 정상에 올라간다고 하네. 어떡하지 그냥 내려갈까? "올라가자! 도와 줄께."라는 친구들의 말에 고민하지도 못하고 선뜻 오르기로 결정했다.

산에는 눈도 쌓여 있었고, 걷기조차도 만만치 않았다. 올라가는 내내 "아빠가 아기를 업어야지 왜 엄마가 업고 가 힘든데." 지나가는 등산객들이 한마디씩 내뱉고 오르고, 내리니.

친구들은 "아빠 아녀요."

친구들이 아이젠을 벗어주고, 스틱도 줘서 아이를 업고 헉헉 거리며 무사히 정상에 도착했다.

그런데 뭘 하지? 정상아래 헬기장에서 돗자리를 펴더니 음식을 차리고 절을 하네.

지금 뭐 하는 거야? 어 산신제를 지낸다고 해요. 산악회에서 한 해에 처음 산행은 이렇게 해서 일 년 내내 무사고로 잘 다닐 수 있게 한다는 거지요.

아무것도 모르고 친구 따라 똥 장군 지고 장에 가는 격이었지요. 점심을 먹고, 내려오는 길에는 올라갔던 길이 아닌 성안으로 내려 오는데 더욱 힘이 들었어요. 눈은 사람이 다니지 않아 더 많이 쌓여 있었고, 금오산 정상을 아이를 업고 올랐다는 것이 싸이월드나 블로거 역사에 남았다는 거.

2008년 친구가 다음 블로거 만들어 주고 올려놓은 글을 퍼 놓은 링크가 있었는데 히스토리로 옮겨졌어요.

https://soon7545.tistory.com/3734176

메두사라는 친구가 올린 글이 검색 1위에 올랐다며 이야기를 하는데 당시에 컴맹이었기에 sns가 뭔지도

몰랐어요.

우리 집 문구점으로 친구가 찾아와서 다음 블로거를 만들어 주었고, 싸이월드도 만들어 주어서 e메일이 생기고 그때부터 sns는 시작이 되었지요. 싸이월드에는 딸이 어린이집 다닐 때 내려받은 자료들을 모아 두었는데 사라지고 없어서 아쉬워요.

저자 소개

박다원이란 사람은 내세울 것도 아는 것도 가진 것도 없는 보통 사람입니다.
군인 가족으로 22년을 살아오며 남편 월급 만으로 빈둥대며 살아왔기에 세상 물정도 모르고 덜컥 문구점이란 걸 하며 인생의 쓴맛을 봤네요. 이후로 제2의 인생이 시작되었지요.
늦둥이를 낳은 건 생애 제일 잘했다는 것이지요.
새로운 삶을 시작하는 동기가 되었고, 배움을 하며 즐거움을 찾기 시작했어요.

아이가 학교 들어가면 도와주어야 되니 구미시 자원봉사대학 1기를 시작으로, 부모교육부터 시작해서 시에서 열리는 무료 교육은 시간만 되면 거의 신청해서 받게 되었어요.
이프랜드 활동하면서 자존감을 높여준 것 같아요.
메타버스를 하는 내 또래 친구들이 거의 없거든요.
늘 난 못해 모자라 할 수 없어.
우리 딸은 엄마에게 자존감 업시키기.
엄마는 왜 자신을 자꾸만 낮게 이야기 하는 거에요?
사실인데 난 모자란 사람이잖아.
엄마처럼 이렇게 상 받으며 활동하는 사람이 많지는 않아요. 그러니 자존감을 높이세요.
사실 활동하면서 만나는 사람들은 모두 한 가락씩 하는 사람이거든요. 그래서 자꾸 비교되었는데, 이젠 자신만 보려고 해요. '그래 이 정도면 괜찮아'라고 다독이며. 그래서 자료를 가져와 봤어요. 늦둥이 출생 이후로 배움의 열정을 가진 제2의 인생을 살고 있었어요.
졸업하며 이력서를 내려니 한 줄이 귀하던 그때를 생각하며 말이지요.

수료증 있는 교육

2009년 심리상담사 (한국심리상담협회)
2009년 미래예측 전문가 양성과정 수료
2009년 사랑의 수화교실 고급반 수료
2009년 구미자원봉사대학 1기 수료
2009년 펀리드십지도자
2009년 스트레스치료사
2009년 웃음치료사
2009년 노동부집단상담프로그램취업길잡이
        17기 (구미여성인력개발센터)
2009년 요양보호사 훈련과정 수료
        (구미여성인력개발센터)
2009년 요양보호사 1급 자격 (경상북도)
2009년 빌룬 아티스트 2급
2009년 학습 코칭맘 수료
        (구미여성인력개발센터)
2010년 자기주도학습코칭 지도사 3급
2010년 사회복지현장실습 수료
        (금오종합사회복지관)
2010년 카운슬러대학 9기 수료
        (구미시청소년지원센터)
2010년 학습클리닉전문가 교육 1과정 수료
        (한국심리자문연구소)
2010년 새마을지도자 대학 7기수료
        (경운대학교)

2010향토문화해설사양성교육과정3기수료
        (구미문화원)
2010년 수화통역사입문반 이수
2010년 한글.엑셀.파워포인트.OA실무과정.
        포토샵. 플래시 수강(평생교육원)
2010년 구미상록학교에서 평생교육사 실습
2010년 야은예절교육원예절지도사교육수료
2010년 농어촌복지활동가양성사업 수료
        (KOMI 교육)
2010년 주산활용 수학교육사 수강
2010년 웰빙 발관리요법 이수
2010년 spss. pasw18.0 수료
2010년 농촌사랑 소비자교실 수료
        (구미시농업기술센터)
2011년 상담역량 강화 프로그램 수료
2011년 나열정사원 한달만에 초보사원
        탈출기 수강(상공회의소 e학당)
2011년 카멜레온처럼변하라상황대응리더십
        (상공회의소 e학당)
2011년 SME마케팅 기본부터 활용까지
        (상공회의소 e학당)
2011년 파워포인트2007
        (시청홈페이지 자격증강좌)
2011년가정폭력관련시설종사자양성교육
        (칠곡종합상담센터)
2011년대구사이버대학교. 사회복지사2급,
        평생교육사2급

2011년 행복키워드! 양성평등
        (한국양성평등교육진흥원)
2011년 미래희망! 양성평등
        (한국양성평등교육진흥원)
2011년 아동성폭력 예방교육
        (한국양성평등교육진흥원)
2011년 양성평등과 다문화이해
        (한국양성평등교육진흥원)
2011년 아이들이 행복한 양성평등 세상
        (한국양성평등교육진흥원)
2011년 에니어그램.나를찾아가는성격이야기
        (구미평생교육원)
2011년 성별영향평가 이해와 사례분석
        (한국양성평등교육진흥원)
2011년 성인지예산 분석과 방법
        (한국양성평등교육진흥원)
2011년 존중과 배려, 그리고 함께하는
        조직리더십(한국양성평등교육진흥원)
2011년 아름다운 양성평등
        (한국양성평등교육진흥원)
2011년 여성, 남성! 일과 가정의 조화
        (한국양성평등교육진흥원)
2011년 상호존중! 양성평등
        (한국양성평등교육진흥원)
2011년 함께하는! 양성평등
        (한국양성평등교육진흥원)
2011년 여성이 내일을 JOB았다.

(한국양성평등교육진흥원)

2011년 4주간의 국어여행
    (구미시청 온라인)

2011년 구미교육지원청
    청소년상담자원봉사자 기초교육

2011년 집단상담 초급 10주
    (학생상담자원봉사)

2011년 성폭력 전문상담원 양성교육수료
    (칠곡종합상담센터)

2011년 한국카운셀러협회 연차대회
    (충북대학교에서)

2011년 한국어교원양성과정 수료
    (신도림 어학당)

2011년 집단상담 중급 8주
    (구미시 교육지원청)

2011년 제2기 경북여성아카데미 강좌 수료
    (경상북도 여성단체협의회)

2011년 LPT 부모교육과정 수료
    (구미지역사회교육협의회)

2011년 미래예측 전문가 양성과정 수료
    (대구사이버대학 평생교육원)

2011년 선비문화대학 (구미문화원)

2011년 자원봉사 아카데미
    (구미자원봉사센터)

2011년 청소년상담자원봉사자 교육수료
    (구미시교육 지원청)

2012년 다문화가족방문교육상담사양성교육

(아름다운 가정 만들기)

2012년 사회복지사와 리더십 교육 수료
    (대구사이버대학교 사회복지과)

2012년 부모교육 심화과정 수료
    (구미지역사회교육협의회)

2012년 자녀의 성교육 수료
    (구미지역사회교육협의회)

2012년 집단상담 고급반
    (구미시교육지원청)

2012년 아동권리 성교육강사 양성아카데미
    (굿네이버스 경북서부지부)

2012년 PC관리와 활용
    (한국 정보화진흥원 배움나라)

2012년 독거노인 돌봄 기본서비스 사업
    집합교육과정(경산시노인종합복지관)

2012년 요양직무 능력향상 교육
    (코미앤 복지연구소)

2012년 실무에 바로쓰는 최병광의말발글발
    (구미시청인터넷강좌)

2012년 걷기 지도자 교육과정
    (선산보건소)

2012년 노인건강 운동지도자 자격
    (대한웃음협회)

2012년 경상북도 선비아카데미 과정 수료
    (구미문화원)

2012년 제3기 생활체감정책단원 수료
    (한국여성정책연구원)

2012년 퇴행성 관절염 체조교실
　　　(구미보건소)
2012년 단기해결 (학생상담자원봉사자)
2013년 9가지사례로 배우는중소기업마케팅
　　　전략수립(한국능률협회컨설팅)
2013년 자립지원포럼
　　　(아동자립지원사업단)
2014년 한국형 표준자살예방프로그램
　　　[보고듣고말하기](한국자살예방센터)
2014년 아동자립지원활성화를 위한 민,관
　　　합동워크숍 (아동자립지원사업단)
2014년 하모니 리더십교육훈련
　　　(한국보건복지인력개발원)
2014년 자녀와 통하라 교육훈련
　　　(한국보건복지인력개발원)
2014년 How to be happy 빛나는 인생
　　　후반부를 위하여1 교육훈련
　　　(한국보건복지인력개발원)
2014년 신화, 잃어버린 상상력을 복원하라
　　　교육훈련(한국보건복지인력개발원)
2014년 나와 가족의 심리테라피 1교육훈련
　　　(한국보건복지인력개발원)
2014년 사소함의 고통, 강박1 교육훈련
　　　(한국보건복지인력개발원)
2014년 세상을 바꾼 명언설 1교육훈련
　　　(한국보건복지인력개발원)
2014년 당신에게 남긴 마지막 한마디1

교육 훈련 (한국보건복지인력개발원)

2014년 생각의 지름길교육훈련
(한국보건복지인력개발원)

2014년 부부 리모델링 1교육훈련
(한국보건복지인력개발원)

2014년 자립역량강화 실무교육
(아동자립지원사업단)

2014년 사회복지전문직의 소명과 과제.
퍼실리테이 (한국사회복지사협회)

2014년 트라우마 이해 및 회복과정교육
(한국보건복지인력개발원)

2014년 3Rs 학습지원 전문지도교사 양성
과정 수료 (함께걷는 아이들)

2014년 학부모리더교육 학수Go대
(지역사회교육협의회)

2014년 똑똑! 맞벌이 부모학교
(지역사회교육협의회)

2015년 봄 봄 봄 멘토양성교육
(구미시정신건강증진센터)

2015년 그린리더 초급과정 (구미시장)

2015년 가족코치전문가 양성과정
(전국 주부교실 경북도지부)

2015년 5대리구 가톨릭 호스피스 기초교육
(대구대교구 5대리구)

2015년 학습봉사자 역량 up과정
(구미평생교육발전연구소장)

2015년 3D프린터 활용

(구미전자정보기술원장)
2015년 환경인문학
(경상북도 환경연수원장)
2015년 자녀의 학습 도와주기
(한국지역사회교육협의회)
2015년 이야기치료 패러다임과 외재화
대화 (이야기치료학회편집위원)
2015년 제1기 공의회학교 기초과정
(대구대교구)
2015년 경상북도 평생교육 배&채움 홍보
기자단 양성 (경상북도평생교육진흥원)
2015년 구미시민문화예술아카데미 1기
(구미시 문화특화지역조성사업추진위원회)
2015년 수화프로그램 중급반
(대구대교구 5대리구)
2016년 제762회 전국사진강좌 이수
(한국사진작가협회)
2016년 제764회 전국사진강좌 이수
(한국사진작가협회)
2016년 행복한가정을 위한 가족코치전문가
양성 심화 (소비자교육중앙회구미지부)
2016년 공의회학교 심화과정 (대구대교구)
2017년 제2기 친환경식물재배반
(경상북도 환경연수원)
2017년 뷰티 아카데미 전문과정 (채이은)
2017년 We make 재능나눔 아카데미
(구미시종합자원봉사센터)

2018년 의덕의 거울 제170차 레지오마리애
　　　교육1 (대구 의덕의 거울 세나뚜스)
2018년 자원봉사의 품격 up 아카데미
　　　(구미시종합자원봉사센터)
2018년 재난 심리 지원전문가 기초과정
　　　(국제구호개발기구 더 프라미스)
2018년 자원봉사의 품격 up 아카데미
　　　(구미시종합자원봉사센터)
2019년 치매파트너교육(치매센터)
2019년 치매의 이해 및 예방관리
　　　(한국보건복지인력개발원)
2019년 사회복지사와 지역사회리더를 위한
마음건강응급치료요령(구미시사회복지협회)
2019년 PC에서 개인정보 보호조치설정하기
　　　(한국보건복지인력개발원)
2019년 인스타그램 마케팅 실전기법
　　　(한국보건복지인력개발원)
2019년 구미시 놀이활동가 양성과정
　　　(구미시)
2019년 구미시설공단 sns서포터즈 교육
　　　(구미시설공단)
2019년 62기 자연관찰교육과정
　　　(경상북도환경연수원)
2019년 구미시 여성 리더아카데미 과정
　　　(구미대학교)
2019년 후반기 구미시 농기계아카데미과정
　　　(구미대학교)

2019년 성경학교 졸업 (대구대교구5대리구)
2020년 창업활성화 창업기초교육
　　　　　(경북창조혁신센터)
2020년 온라인 판매특공대
　　　　　(경북창조혁신센터)
2020년 환경체험교사 과정
　　　　　(경상북도 환경연수원)
2020년 양성평등경북도민모니터링단
　　　　　역량강화교육
　　　　　(경북여성정책개발원 양성평등센터)
2020년 여성친화 우리동네 강사 교육 수료
　　　　　(경북여성정책개발원. 구미시)
2020년 놀이활동가 양성과정 지도자과정
　　　　　(놀자학교. 경북평생교육진흥원)
2020년 놀이인문학 1급 자격증과정
　　　　　(놀자학교)
2020년 청년 온 더 경북의 자그마한 강연
　　　　　(경상북도여성정책개발원)
2020년 건강기능식품 보수교육
　　　　　(건강기능식품협회)
2020년 투사검사 워크숍
　　　　　(구미사회복지협의회 역량강화교육)
2020년 미술치료상담사2급
　　　　　(구미시사회복지협의회 역량강화교육)
2020년 3D활용 양성과정
　　　　　(구미대학교산학협력단)
2020년 천아트

(경상북도평생교육 마을협의회)
2020년 여행작가. 구미를 보다
(구미평생교육원)
2020년 애니어그램1단계. 이해
(한국애니어그램교육연구소)
2020년 애니어그램2단계. 탐구
(한국애니어그램교육연구소)
2020년 애니어그램3단계. 적용
(한국애니어그램교육연구소)
2021년 블로거글쓰기(다원빌딩2층)
2021년 마을평생교육지도자양성교육 기초
(경북마을평생교육지도자협의회)
2021년 놀이도 인문학이다
(인문학사랑방. 다원빌딩2층)
2021년 실버노인지도사교육
(금오공대평생교육원)
2021년 프레임사진반(탄소제로교육관)
2021년 마을평생교육지도자양성교육 심화
(경북마을평생교육지도자협의회)
2021년 핵심 스피치교육
(경운대평생교육원)
2021년 미세먼지저감활동가 양성교육 수료
2021년 건강기능식품 보수교육
(한국건강기능식품협회)
2021년 경상북도 장애인 평생학습 교.강사
연수과정 (경상북도 인재평생교육진흥원)
2021년 스마트활용지도사 자격과정 수료

2021년 스마트에듀 강사과정 수료
2022년 제1기 메타버스 마스터창업 &
　　　　 마케팅리더 (한국메타버스협회)
2021년 스마트에듀 메타버스전문과정 수료
2021년 한국메타버스강사협회자격과정수료
2021년 제26기 명륜교실 수료
　　　　 (사) 한국도덕운동경북협회
2021년 제1기구미여성인력개발센터서포터즈
2022년 금오공대산학협력단. 파워포인트
2022년 안전지도사 자격취득을 위한
　　　　 필수원격교육
2022년 양성평등 도민 모니터링단
　　　　 역량강화 교육
2022년 [장애인인식개선교육]인식
2022년 장애인학대예방 및 신고의무자교육
2022년 이달의 소녀와 함께하는 개인정보
　　　　 보호교육
2022년 함께 쓰는 노인 인권 이야기
2022년 노인학대 신고의무자 교육과정
2022년 긴급복지지원 신고의무자 교육과정
2022년 이달의 소녀와 함께하는 직장 내
　　　　 괴롭힘 예방
2022년 온라인 치매교육
2022년 어린이재난안전교육(화재)
2022년 도민안전문화대학
2022년 주산활용 뇌 건강 지도사

취득한 자격증

1999년 한식조리사
2009년 자기 주도 학습 코칭 지도사 3급
2009년 웃음치료사
2009년 스트레스치료사
2009년 펀리더십 지도자
2009년 심리상담사1급
2009년 벌룬 아티스트 2급
2010년 발 관리사
2010년 생활예절 지도사
2011년 가정폭력관련시설종사자
2011년 사회복지사2급
2011년 성폭력전문상담원
2012년 노인건강운동지도자
2014년 진로적성상담사2급
2015년 요양보호사
2011년 평생교육사2급
2019년 전래놀이 지도사3급
2020년 놀이인문학 지도사1급
2020년 전래놀이 지도사 2급
2020년 천아트 지도사 3급
2020년 미술심리상담사2급
2020년 3D 프린팅마스터 자격증
2021년 인지 행동 지도사
2021년 실버놀이 지도사

2021년 뇌 건강지도사
2021년 마을 평생교육 지도사 1급
2021년 스마트폰 활용지도사 2급
2022년 메타버스 전문가 1급
2022년 안전 지도사
2022년 주산활용 뇌 건강 지도사 2급

받은 상장, 상패

1998년 상무대성당 본당교리경시대회
2001년 강원도지사기 생활체육수영대회 3위.
　　　　평영 50
2001년 강원도지사기 생활체육수영대회 2위.
　　　　자유형 100
2009년 자원봉사대학 1기 수료식. 우수상
2009년 제11회 자원봉사대축제 수기부분 장려
2010년 대구 사이버대학 졸업 성적우수상
2010년 경상북도 제7기 새마을지도자 대학개근
2012년 제12회 자원봉사대축제
　　　　캐치프레이즈 부분 대상
2011년 자원봉사교사 표창장
2011년 제13회 자원봉사대축제. 수기장려상

2011년 구미시홈페이지모니터요원. 장려상
2012년 제14회자원봉사대축제.ucc부문동상
2015년 희망의 날개를 펼치며 생명사랑
　　　　이야기전.장려상
2015년 구미 정신건강증진센터장 감사패
2015년 생활공감정책모니터단활동도지사상
2015년 우수제안창안등급심사.구미시장장려
2016년 성경학교. 1년 개근상
2017년 생활 공감정책참여단 국회의원상
2018년 성경학교 1년 정근상
2018년 생활 공감정책참여단 국회의원상
2019년 자원봉사1기. 자원봉사센터 표창장
2019년 참사랑 나눔 동행. 구미시장 표창패
2019년 성경학교 졸업 정근상
2019년 생활 공감정책참여단. 표창패
2019년 제21회 자원봉사대축제.
　　　　2019 이그나이트. 최우수상
2020년 사회복지사협의회 희망발걸음 개인
2020년 생활공감정책참여단
　　　　구미시의회장 표창패
2021년 금오공대평생교육 실버인지교육.
　　　　공로상
2021년 메타버스 마스터 창업 & 마케팅
　　　　리더과정. 최우수상
2021년 구미여성인력개발센터
　　　　sns 서포터즈 우수상
2021년 자원봉사센터 동영상만들기 우수상

받은 위촉장

1990년 광주성당 송정2구 1반장
1997년 자운대성당 4구역1반장
1998년 상무대성당 6구역장
2001년 화천초등학교녹색어머니교통봉사대
2002년 춘천실업고등학교 운영위원회
        학부모위원
2002년 천전초등학교 급식 모니터링요원
2004년 춘천실업고등학교 운영위원회
        학부모위원
2008년 경북농아인협회 구미시 지부.
        수화교육강사
2010년 경상북도 새마을 역사관
        자원봉사자
2010년 구미시 명예 가정의례 지도원
2011년 제3기 생활공감 주부모니터
2011년 구미시 홈페이지 모니터
2012년 구미시 홈페이지 모니터
2012년 구미시 sns서포터즈
2012년 제 50회 경북도민체육대회
        자원봉사자
2012년 한 문화재 한 지킴이
2013년 구미 홈페이지모니터요원 및
        sns서포터즈
2014년 구미시 sns서포터즈

2015년 제5기 생활공감 정책 모니터
2015년 인구주택총조사요원
2016년 선주초등학교 녹색학부모회
2017년 제6기 생활공감정책모니터
2018년 더블에이치플러스 마더총판
2018년 선주초등학교 명예사서교사
2019년 구미시설공단 sns 서포터즈
2019년 구미시 놀이 활동가
2019년 제7기 생활 공감 정책참여단
2020년 경상북도 양성평등 도민모니터링단
2021년 구미여성인력개발센터 sns서포터즈
2021년 구미시 놀이 활동가
2021년 제8기 생활 공감정책참여단
2021년 구미시 여성친화도시 시민참여단
2021년 경상북도 양성평등 도민모니터링단
2022년 구미여성인력개발센터 sns서포터즈
2022년 경상북도 양성평등 도민모니터링단
2022년 구미시소상공인연합회 이사
2022년 한국화재보험협회재난안전명예교사
2022년 선주초등학교 명예사서교사
2022년 이프랜드 4기, 5기 인플루언스

자원봉사 참여

금오 종합 사회복지관 조리실 조리자원봉사
전국농아인체육대회 참가 경북육상선수통역
지체장애인협회중증장애인문화시설이용보조
녹색어머니 교통봉사대(화천초등학교)
굿네이버스 아동성학대예방 인형극자원봉사
금오종합사회복지관푸드뱅크빵수거자원봉사
구미시립요양병원봉사 멘토
자원봉사대학1기로 봉사활동참여
생활체감정책단 활동
월명성모의 집
경상북도새마을역사관안내 봉사
구미상록학교 문해한글, 중등검정고시 사회
교육 봉사
3기,4기,5기,6기,7기,8기 생활 공감정책
모니터단 활동
구미시다문화가족지원센터이주여성한글교육
구미시홈페이지모니터활동
참사랑무료급식소봉사 조리 및 배식봉사,
에너지절약 캠페인활동
한 문화재 한 지킴이활동 (봉곡동효열비각)
구미시 sns서포터즈 활동
제50회 경북도민체육대회,
경북생활체육대회 봉사
인구주택총조사 조사요원

정신보건건강증진센터 자살예방멘토활동
선주초등학교 사서도우미 외 녹색학부모회
교통봉사
구미시설공단 sns서포터즈
구미시놀이활동가 1기.
2020양성평등 도민 모니터링단
구미시여성새로일하기센터 sns서포터즈
구미시 여성친화도시 시민참여단. 4기
경북여성정책개발원양성평등도민모니터링단
구미자원봉사센터 백신접종센터 안내
친환경 에코키트 만들기 봉사 외
홈택트라이프 sns활동
구미시 놀이활동가 2기
구미시 새마을 테마공원 서포터즈
전국체육대회, 전국장애인체육대회자원봉사
농촌재능나눔 봉사

봉사참여 실적

시간인증형

박다원 님의 시간인증형 봉사시간

총 1880시간 10분

시간인증형 자원봉사 참여

총 514건

　20여 년 군인 가족으로 편하게 살다가 남편의 전역을 앞두고 구미로 내려와서 문구점 경영도 해봤고, 농아인 협회에서 근무, 성심노인복지센터에서 노인 돌보미, 유엔미래포럼(수양부모협회) 경북가정위탁지원센터에서 근무도 해봤어요.

　인생 2막 배움을 즐겨하고, 봉사하며 나를 알아가는 과정이 즐겁고 행복하더라고요. 인생 3막을 준비하며 추억을 떠올려 생각나는 대로 적어 봤습니다.

책은 누구나 쓸 수 있다는 것을 알려주신 올레비엔 님께 감사하며 읽어 주신 독자 여러분 고맙습니다.

데레사의 추억 여행

지은이 박다원
저자 이메일 teresa1014@naver.com
발 행 2022년 09월 20일
펴낸이 한건희
펴낸곳 주식회사 부크크
출판사등록 2014.07.15.(제2014-16호)
주 소 서울특별시 금천구 가산디지털1로 119 SK트윈타워 A동 305호
전 화 1670-8316
이메일 info@bookk.co.kr

ISBN 979-11-372-9554-4
값 11,500원

*메타버스 이프랜드 정기모임 <90일 작가프로젝트>를 통해 발간된 종이책입니다.